はつなつみずうみ分光器

after 2000

現代短歌クロニクル

瀬戸夏子

左右社

はつなつみずうみ分光器

after 2000　現代短歌クロニクル

目次

二〇一一年から二〇二〇年

コラム

まえがき

短歌を読んでみたいという人が増えてきている、らしい。ひとりの作者の短歌がまとまって掲載されている本を歌集という。歌集を買ってみたい、いろいろ読んでみたい。けれどどこから手をつけたらいいのかわからない。この本はそんな人に向けたブックガイドとして企画された。とはいえ、約二十年分の話（この本が取り扱っている歌集は二〇〇〇年から二〇二〇年のあいだに出版されたものが対象）となると、そのあいだどんなことが短歌の世界で起こったのかも含めて書かなければ内容があまりにうすっぺらくなってしまう。なので折々の出来事もなぞりつつ書いていったら「ここ二十年の短歌の流れ」の話にもなったのでタイトルは「現代短歌ブックガイド」ではなく「現代短歌クロニクル」となった。二十一世紀の短歌の世界のトピックや流行をざっと知りたいという人も読んでもらえたらと思う（完璧にとはいえないけれどざっくりとした流れはつかめるように書いたつもりだ）。また短歌を「読む」という行為から短歌を「詠む（＝つくる）」という行為への距離はものすごく近い。たぶんこれから短歌や歌集を読んだ人たちのかなりの割合が「詠む」こともはじめるのではないかと思う。そのときに役立つであろうことも書いた。

この本は二〇一五年に左右社から刊行された『桜前線開架宣言　Born after 1970

現代短歌日本代表』の姉妹本だが、どちらも未読という方はこちらを先に読んでもらってもいいかなと思っている。『桜前線開架宣言』の帯文は「穂村弘以降」だが、この本は穂村弘から「桜前線」、そして「桜前線」以降の世代もカバーしているので、この本を読んで好きな歌人が『桜前線開架宣言』に収録されていたら集中して読んでみるという使い方もいいんじゃないかと思う（『桜前線』はアンソロジーなので歌がなんと二千首以上載っており濃くてヘビーでお得）。ちなみにこれを書いている筆者＝わたしはいったい何者なのかという話だが、筆者＝瀬戸夏子も『桜前線開架宣言』に収録されているので気になる方はそちらを読んでいただけたら。

何事をはじめるにも、スターターキットの存在というのは重要だ。『桜前線開架宣言』はもちろん、東直子・佐藤弓生・千葉聡による『短歌タイムカプセル』（若手歌人も収録されたアンソロジー、書肆侃侃房）や木下龍也『天才による凡人のための短歌教室』（タイトルの印象よりずっと親切で丁寧で為になる入門書、ナナロク社）など新しいものが増えてきているし、左右社も歌集をどんどん出版しはじめている。そのなかのひとつとして本書をとらえていただけたらと思う。

わたしの短歌スターターキットは、穂村弘『短歌という爆弾　今すぐ歌人になりたいあなたのための』（小学館）と枡野浩一『かんたん短歌の作り方（マスノ短歌教を信じますの？）』（筑摩書房）の二冊で、なんと両方とも刊行が二〇〇〇年だった。あのとき、穂村弘と枡野浩一が果たした役割を、二〇二一年のいま果たしたいとわたしは望んでいる。

二〇〇〇年から二〇一〇年

『夜光』

吉川宏志

本を夜更けに読みはじめ

よしかわ・ひろし　一九六九年、宮崎県生まれ。「塔」短歌会主宰。京都大学国文学科への進学を機に永田和宏に師事し、「京大短歌会」の再結成メンバーとなる。第三歌集『海雨』で寺山修司短歌賞受賞。

俵万智のブレイク以降、華やかな口語短歌が世を賑わせる一方、文語で端正な歌をつくることをほとんど一途に選ぶ歌人たちももちろんいて、吉川宏志はそのなかの圧倒的スターだった。

すでに一九九五年、吉川宏志は第一歌集『青蟬』を上梓していた。二十六歳での出版、収録された歌は十八歳から二十五歳までのあいだにつくられたものだというが、歌の完成度、卓越した技巧や比喩は先行世代から賞賛された。

内容も軽いタッチの〈ノリ〉でと言った今風の学生らしくなく、きまじめであり、老成した感さえいだかせるものであった。

師である永田和宏の跋文からも歓迎と期待がありありと伝わってくる。

そして第二歌集となる『夜光』は二十五歳から三十歳までの歌を収録した歌集である。

ふたりめの子供がうまれ、子供たちと妻との家庭生活、それを支える労働のきびしさが

主なテーマであり、また『青蟬』にはほとんど見られなかった政治批評意識の顕在化が印象的である。それらが一回り重厚になった感のある文体のなかに練りこまれている。とはいえ、第一歌集から評価の高かった、細部の描写力、かろやかな技巧も健在である。あまり指摘されてこなかったが、吉川宏志のテクニックは文語・口語を問わず使えるものであり、彼が現在の短歌シーンでうまれつづけている数多の短歌に与えた影響は、穂村、枡野を凌ぐのではないかと思う（いわゆる名指しで「パクリ」だとはいわれず、シーン全体に浸透していて、その果たした役割の大きさに比して名前が出てくることがすくないという点において東直子と似ており、双璧ではないかとも考えられる）。

卓上の本を夜更けに読みはじめ妻の挾みし栞を越えつ

共有している本を読みすすめて相手のスピードを追い抜かすという日常の何気ないシーンを、非常に読みやすく読者におもしろみを明確に提示している。吉川の歌はよく〈発見の歌〉と形容されるが、ワンシーン、ワンアイデアを一首のなかに過不足なく鮮やかにまとめるのがとにかく巧い（木下龍也が吉川へのリスペクトを表明するのはこの点においてであろう）。

しかし、より顕著なのは次のようなケースではないだろうか。

死ぬことを考えながら人は死ぬ茄子の花咲くしずかな日照り

「死ぬことを考えながら人は死ぬ」＋「茄子の花咲くしずかな日照り」→〈情〉（＝心境、思っていること、考えていること）＋〈景〉（＝視覚的に、場合によっては聴覚や嗅覚などが代替することもあるが、読者に具体的な場面を想起させる、とはいえ、上句と下句で情と景が逆の位置になることも多く、上句下句の音数ではっきり分かれてはいないまでも同じ構造の歌も多い）。これによって〈情〉に説得力を持たせる手法はなにも吉川が開発したわけではないが（吉川の跋文を書いた永田和宏がこの問題について論を書いているし、さらにさかのぼれば吉本隆明の『言語にとって美とはなにか』にもこれに近い議論がある）、先行世代のものはもっと上句と下句が渾然としていたが、吉川の歌はよりクリアカットであざやかな形であり、だからこそ、「こんなふうに歌をつくればいいのか」と多数の人の無意識をくすぐり模倣させた（「しずかな」といった微細な感覚をアピールする語も吉川以降、より便利なかたちで多用されることが増えた印象がある）。

さらに彼の功績として、ライトな文語文体（＝ある程度口語ナイズされた文語）で歌をつくることを達成し、文語文体への参入のハードルを下げたことがあげられるだろう。

少年のわが身《しん》熱《ねつ》をかなしむにあんずの花は夜も咲《ひら》きをり

高野公彦

「強いて言えば、高野公彦がデビューしたときのような印象を持ったものだ」とも永田和宏は書いているが、先行モデルと目される高野の〈情〉+〈景〉の歌を読んだあとに吉川の軽やかな歌を読めば「自分も文語で歌をつくることができるかもしれない」と考えた人は多いはずだ。ライトな文語文体の歌人が増加し、口語と文語をミックスして歌をつくる者もめずらしくなくなり、文語短歌と口語短歌の壁はどんどん薄くなってきている。吉川の功績は大きい。

卓上の本を夜更けに読みはじめ妻の挟みし栞を越えつ
ドーナツ化現象の首都　秋風のドーナツの穴に天皇は棲む
しらさぎが春の泥から脚を抜くしずかな力に別れゆきたり
抱いていた子どもを置けば足が生え落葉の道を駆けてゆくなり
死ぬことを考えながら人は死ぬ茄子の花咲くしずかな日照り
性愛のためともす灯と消す灯あり白蛾のはねは窓に触れつつ
すでに怒りを言葉にしない妻にして笊に苺を洗う音する
山二つ重なり合えるゆうぞらは林を透けてしばらく残る
鳳仙花の種で子どもを遊ばせて父はさびしい庭でしかない
校正しついに消しおり〈南京〉を虫の体液ほどのインクで

『林檎貫通式』

飯田有子

たすけて枝毛姉さん

女子だけが集められた日パラシュート部隊のように膝を抱えて

菜の花にからし和えればしみじみと本音を聞きたい飛雄馬の姉さん

「女子だけが集められた日」とは、小学校で女子生徒だけを集めて生理についての性教育をした場面のことをさすのだろう。それを「パラシュート部隊」という比喩で語ることによって現行のジェンダーシステムへの異議を唱えている。「飛雄馬の姉さん」とは、梶原一騎原作・川崎のぼる作画の一世を風靡し、アニメ化もされた野球漫画『巨人の星』の主人公・星飛雄馬の姉、星明子のことを指すのだろう。ド根性スポ根漫画の代名詞である本作品で弟の母親代わりをつとめて、電柱の影から飛雄馬を見守っているという役割の明子。ホモソーシャル社会の典型的な被害者のようにも見える明子から、少年漫画という土台ではない場所から彼女の言葉をききたい、という歌にシスターフッドを読みこむことは大きく間違ってはいまい。

いいだ・ありこ　一九六八年生まれ。大学時代より作歌を始める。「まひる野」などを経て、現在無所属。『林檎貫通式』は二〇〇一年、出版レーベル「歌葉《うたのは》」（BookPark）より刊行された。

刊行当時、この歌集がほとんどフェミニズムの文脈で読まれなかったことはいまから考えてみればほんとうに不思議な話である（錦見映理子『めくるめく短歌たち』を参照されたし）。そもそも『林檎貫通式』という歌集タイトルに、聖書でイヴ＝女が背負わされた罪の象徴＝林檎のイメージと、貫通＝処女喪失のイメージがぶつけられた苦みがあることを読みとるのはそう難しくなかったはずだと思うのだが。

たすけて枝毛姉さんたすけて西川毛布のタグたすけて夜中になで回す顔

飯田有子といえば引用されるのはこの一首で、この歌の破調（＝五七五七七の韻律を崩すこと）と奔放な詠みかたを現代短歌として認めるのか認めないのか、ゼロ年代の議論はほとんどそこだけに集中していた。その議論がまったく意味のなかったものだとは思わないが、結果として『林檎貫通式』という歌集に対しても飯田有子という歌人その人に対してもまともな評がほとんど生まれず、いわば歌壇を盛り上げるための炎上として消費されてしまっていた。

雪まみれの頭をふってきみはもう絶対泣かない機械となりぬ

歌壇の論客・大辻隆弘が当時インターネットの『林檎貫通式』批評会で、

> 降りしきる雪のなかで泣くことを拒否し、／自らの傷つき易い心を武装することによって、最終的に／完全な「泣かない機械」となりきってしまった／同性の「きみ」に対する、／／痛ましさと愛惜の念が表現されている

と評し「戦闘的フェミニストの相貌がある」とコメントしているのが先見的であったが、きわめて例外的でもあった。

そして大辻の読解にもあるように、飯田の歌には「雪まみれ」の歌に限らず、百合的なニュアンスのあるものも多く、張りつめた美しさを持っている。ＢＬ短歌のみならず、百合短歌が今後盛り上がっていくときに、この局面においても先駆者のひとりと数えられていくのではないだろうか。

ピアノ椅子ふたつ並べるおそろしさみつあみをどうかほどいてみせて

ＳＦ的な想像力が発揮された歌も多いが、ＳＦとフェミニズムは親和性が高い。『ゲド戦記』で有名なアーシュラ・Ｋ・ル＝グウィンの『闇の左手』はフェミニストＳＦの名作と呼ばれている。現状の社会システムへの異議申し立てを物語として構築するのにたいへん有効なジャンルであるからだが、この系譜のなかで飯田有子をとらえなおしてみるのもおもしろいかもしれない。

『林檎貫通式』には二〇二〇年代の短歌シーンにつながっていく萌芽がたくさん眠っていたにもかかわらず、つい最近まで絶版で手に入らない状況が続いていた。しかし二〇二〇年に、書肆侃侃房から現代短歌の重要な歌集を新装版で復刊する「現代短歌クラシックス」の刊行が発表され、記念すべき第一弾として『林檎貫通式』は復活した。現代短歌クラシックス版には、旧版以降の新作百三十五首「宇宙服とポシェット」が収録されているが、そのクオリティは『林檎貫通式』を上回っているように思う。

あたしは　でも　女の誰かがやるんだわ　缶に缶切り突っ立ってるし

「宇宙服とポシェット」

ひまわりのはっぱの下で厳粛にたちしょんべんをしてみた真夏

オーバーオールのほかなにも着ず春小麦地帯をふたり乗りで飛ばそう

ピアノ椅子ふたつ並べるおそろしさみつあみをどうかほどいてみせて

雪まみれの頭をふってきみはもう絶対泣かない機械となりぬ

ミイラになってもめがねをかけているつもり汗かきの王様でいるつもり

球体にうずまる川面いやでしょう流れっぱなしよいやでしょう

生ごみくさい朝のすずらん通りですわれわれは双子ではありませんのです

すべてを選択します別名で保存します膝で立ってＫの頭を抱えました

たすけて枝毛姉さんたすけて西川毛布のタグたすけて夜中になで回す顔

投与のことも水音と呼ぶ夕ぐれにどこでおちあう魂だったの

『椿夜』

江戸雪

うたかたのうたかたの日々

えど・ゆき　一九六六年生まれ、大阪在住。河野裕子に出会い作歌をはじめ、「塔」短歌会で活動した。ＮＨＫ短歌選者などを務める。第二歌集『椿夜』で咲くやこの花賞、ながらみ現代短歌賞を受賞。

スプーンがグラニュー糖に埋もれて花の話を　咲かないままの

この歌はふたつの「言いさし」でできている。スプーンはグラニュー糖を珈琲に注ぐのだろうか、それとも紅茶に？　それはわからないまま、花に歌の主題はうつるのだが、その花も咲いた花の話ではない。どちらも途中で止まってしまう。咲かない花とは蕾だろうか、けれど、咲かない「まま」とは蕾のように未来にひらく花のことを指しているのではないのかもしれない。「まま」ではなく「ままの」という表現に「咲かないまま」であることへの作者のちょっとした執着があるようにみえる。一方で、グラニュー糖に埋もれたままのスプーンにはあどけない受け身の姿勢がみえるようで、この歌は『椿夜』、あるいは江戸雪という作者のエッセンスを凝縮したもののように思える。

つまり、輪郭がつかみづらく、淡いようでいて、一方で頑なさを絶対ゆずらない。

百合をうかべたのはわたし　みずうみに張りついている空傷つける

むらさきがバンドエイドを滲ませて肉の孔にも夕陽射したり

その感覚を修辞のかたちでもっとも高度に結実させるとこの二首のようになる。

みずうみに百合を浮かべるというのはなんともロマンティックな行為だが、それは水面にうつっている空の模様を崩すことになる——この情景を、「傷つけ」「たのはわたし」という語彙とともに詠みこむこと。「むらさきが」という初句が絆創膏の肌色を滲ませる血の色だと読みはじめた時点で気づく読者はまずいないだろう、ぎょっとさせる。一方で、最後まで血液のように生々しいイメージは出てこない。その中間の生々しさを飛びこえて「肉の孔」という直裁的な表現がやってくる。しかし、バンドエイドに滲むむらさきというこまかな描写は絆創膏のたくさんの空気穴をすでに読者にいったん想像させてもいるから表現としてやりすぎの感はない。

とにかく一筋縄ではいかない作者である。

夜をふたつ持つこいびとに電話するわれの落葉きかせるために

逢いたいとおもう脳《なずき》に出口なくあかねさしたる椅子をみている

この歌集の前半は苦しい（叶わない？）恋人への相聞歌がメインであり、

ライオンの目玉のようなあくびして子は子のなかへしずかに沈む

抱くばかり焦ってばかりの夕暮を子の髪空へ流すベランダ

後半は帝王切開での出産でうまれた子の歌が中心になっている。まず、「こいびと」とうまれた「子」の関係は明示されていない。歌の情をぶつける相手が「こいびと」から「子」へいつのまにかさらりとスライドした印象である。出産以降のパートで江戸の歌が変化したと感じる読み手もいるようだが、それは女は子を産むと母という別の存在へ変化するという母性神話を投影しているに過ぎないと思う。対象が「こいびと」であろうが「子」であろうが、江戸の技巧の冴えは変わらない。「こいびと」へみずからのさびしさを訴えることを「われの落葉きかせるために」という見事な比喩であらわし、「子」の眠りを「子は子のなかへしずかに沈む」という重層的な表現で提示する。

くるしさを胸、腕、指へと押しだして凪の充ちくるごとき埋葬

人を想いながらも、その苦しさをみずからの身にきゅっと引き受け、歌の姿勢はしっかりとぶれない、しなやかな靭さがある。

なお、江戸の第一歌集は一九九七年に上梓された『百合オイル』である。第一歌集の

「百合」と第二歌集の「椿」を花のモチーフで読みくらべてみるのもおもしろいだろう。

膝くらくたっている今あとなにを失えばいい　ゆりの木を抱く　『百合オイル』

百合の香のひとすじ夜にたわむ時ゆううつな眼といわれとまどう　（同）

百合をうかべたのはわたし　みずうみに張りついている空傷つける
ストローに舌をふれつつ　純潔の血を流したい秋だと気付く
上向いて髪を洗えり　狂えない君をわたしはゆるせないのだ
逢いたいとおもう脳《なずき》に出口なくあかねさしたる椅子をみている
ゆりの木を描いているとゆりの木は君になり　頬に風もどりくる
みぞおちに滲む怖れは一本の廊下となって夜をのぼりゆく
うたかたのうたかたの日々　菜の花でカーテンを編み北窓に吊る
きりわけしマンゴー皿にひしめきてわが体内に現れし手よ
麻酔剤よわりゆく間にきらきらと白い砂城の崩れるを見き
こわいのよ　われに似る子が突然に空の奥処を指さすことも

『ハッピーロンリーウォーリーソング』

枡野浩一

全人類と愛し合いたい

ますの・こういち　一九六八年、東京都生まれ。ベストセラーになった短歌小説『ショートソング』のほか『かんたん短歌の作り方』、詩集『くじけな』など著書多数。南阿佐ヶ谷の「枡野書店」で店主を務める。

二十一世紀にはじめて口語短歌の文庫本が発行され、書店に並んだのは枡野浩一の『ハッピーロンリーウォーリーソング』だった。都会の大型書店以外で歌集を手に入れられるようになったというのはそれだけで大事件だった。

かなしみはだれのものでもありがちでありふれていておもしろくない

毎日のように手紙は来るけれどあなた以外の人からである

当時、近代歌人（齋藤茂吉や与謝野晶子）以外で文庫本で歌集を読むことができる歌人は、俵万智や林あまりだったが、このふたりにくらべても圧倒的に枡野の短歌は読みやすかった。文語は絶対に使わない。五七五七七の短歌定型を守る。わかりにくい＝文学的な比喩は使わない。糸井重里によって「かんたん短歌」と命名された。ただし「かんたん」とは読者にとって読むのが「かんたん」なのであり、つくるのが「かんたん」な

わけでは決してない。読むのが「かんたん」な短歌はつくることはむずかしい。このあたりを理解するのは案外ややこしい。基本的に歌人は歌人＝短歌を読むことに慣れている人に読まれることしか想定せずに歌をつくるが、あきらかに枡野の短歌は、短歌を詠まない人＝歌人以外にもわかるように短歌をつくっている、この違いは本当に大きい。

角川文庫『ハッピーロンリーウォーリーソング』は、一九九七年に実業之日本社から二冊同時発売された『枡野浩一短歌集Ⅰ　てのりくじら』『枡野浩一短歌集Ⅱ　ドレミふぁんくしょんドロップ』の合本である（すこしだけ原本と違いはあるが歌そのものはほぼそのまま収録された）。

野茂がもし世界のＮＯＭＯになろうとも君や私の手柄ではない

〈情〉＋〈景〉だなんていうまだるっこしい短歌のセオリーなんて丸無視で、〈情〉＝「言いたいこと」一本勝負である。

ボールペンはミツビシがよくミツビシのボールペン買ひに文具店に行く　奥村晃作

ラーメンを食ひたい時に食ふ如くしたい時せよマスターベーション　（同）

先達を探すなら枡野本人もリスペクトを表明している、「ただごと歌」＝心情をへんに技巧を凝らさずにまっすぐに読む歌を信念とする奥村晃作になるだろう。
あるいは、のちに枡野がエッセイ＆批評本『石川くん』を書いた石川啄木。

一度《いちど》でも我《われ》に頭《あたま》を下《さ》げさせし
人《ひと》みな死《し》ねと
いのりてしこと

石川啄木

一度でも俺に頭を下げさせた
やつら全員
死にますように

（「マスノ短歌」に枡野が改作した作品）

枡野は「さりげない言葉で、さりげない短歌をつくった」啄木を賞賛する一方、文語短歌を口語短歌に翻訳する苦心を述べてもいる（ただ厳密にいえば啄木は口語であると言われることもあり、このあたりは時代の変遷も絡め微妙な問題でもあったりする）――これは口語短歌の苦しさの核心でもあった――「じつは今の言葉（口語）は、同じボリュームの昔の言葉（文語）とくらべると、情報量が格段に減るのです」。口語短歌は、どうしても文語短

歌よりもまずしいものになる。啄木のように読みやすい短歌と比べてさえ、である。
枡野浩一は突然変異ではない、短歌のひとつの王道をまっすぐに通っている。しかし、「口語」と「わかりやすさ」への執念からつくりだされた「かんたん短歌」の文体はまぎれもなく革新的であった。

こんなにもふざけたきょうがある以上どんなあすでもありうるだろう

とりあえずひきとめている僕だって飛びたいような気分の夜だ

結果より過程が大事　「カルピス」と「冷めてしまったホットカルピス」

気づくとは傷つくことだ　刺青のごとく言葉を胸に刻んで

だれからも愛されないということの自由気ままを誇りつつ咲け

「じゃあまた」と笑顔で別れ五秒後に真顔に戻るための筋肉

毎日のようにメールは来るけれどあなた以外の人からである

神様はいると思うよ　冗談が好きなモテないやつだろうけど

五年後に仕返しされて殺される覚悟があればいじめてもよい

絶倫のバイセクシャルに変身し全人類と愛し合いたい

2001

『開放弦』

上村典子

ア音はきよきランプの象

うえむら・のりこ　一九五八年、山口県生まれ。高校時代から作歌をはじめる。高等学校教員、中学校教員を経て、特別支援学校教員。「音」短歌会所属。山口県歌人協会理事。

「あなたの『あ』あたしの『あ』」教室にこゑやはらかに高低をなす

特別支援学校ではたらいている作者の労働の一場面を描いた歌である。「あ」ははじまりの音、いちばん大事な音である。ここでは「あなた」と「あたし」を繋ぐはじまりの音として登場している。「あなたの『あ』」と「あたしの『あ』」は教室中のさまざまな口からさまざまな声で発音される、けれどおなじ「あ」の音である。

オルガンのAの韻きに立ちあがる校舎西側蒲公英の黄

あ・い・う・え・お　ドロップ五つしづくして「い」の苺あぢ少女と舐むる

少女にはことば灯《とも》りぬくちびるのア音はきよきランプの象《かたち》

「Aの韻《ひび》き」、「あ・い・う・え・お」、「ア音」、――母音は日本語の根源の音である。この音で作者（＝「あたし」）は「あなた」と繋がろうとする。

タイトルの『開放弦』には「自らを開放して他者を容れ、ささやかながら響きあっていたい」という作者の願いがこめられているという。開放弦とはもともと「弦楽器の弦のうち一本または数本を左指で押えずにひく場合、その弦のこと」を指す言葉だから、当然そこには音楽のイメージもある。

みずからの音（＝「あたし」）を開いて他者（＝「あなた」）との共鳴を求める、これは「音」の歌集である（蛇足の駄洒落めいてしまうが、上村が所属しているのも「音」短歌会である）。

上村の第一歌集、『草上のカヌー』はたいへん美しい歌集であった。

苺十《と》粒《つぶ》ガラスボウルに泛かばせる雨水は春の暦のはじめ　『草上のカヌー』

さくら挽くおとは氷《ひ》を挽く音となりわが夢みたす春ゆふまぐれ　（同）

第二歌集である『開放弦』も美しい歌集であることには変わりがないが、抽象度は落とされている。歌に「他者を容れ」ようとした作者の選択のかたちなのかもしれない。しかし共通しているのは圧倒的な音感の良さである。意味内容よりも音の響き方がほとんどつねに優先されている。

また、

ふたりして見入る夜更けのチェコ映画チェコ語は生糸の触感を持つ

ちりちるれ　鍋の取手のしろがねがひびくきぞけふにぎやかにして

大屋根にことば降りつみことばには月光の積む頭韻脚韻

チェコ語を生糸の触感ととらえたり、鍋の取手の色を「ちりちるれ」という独特のオノマトペでとらえたり、月光を頭韻脚韻のある詩のような言葉ととらえたり、聴覚のするどさを歌全体の比喩として形成させた華やかですぐれた歌も多く、読者を飽きさせない。

冷水をくぐりしならむ少年のかほはわたしのことばに濡るる

ひとたびをわれと泳ぎし少年の手話がプールに誘ひてくるる

眸《め》にあまきみづをたたふる少年はゆふべの問に「ああ」とうべなふ

家族（弟の結婚や母の病気、夫との暮らし）や犬（初めて飼った柴犬）を詠んだ歌も良いが、

やはり印象に残る「他者」は生徒たちである。「わたしのことばに濡」れる「少年のかほ」への切ない視線、伝わらない言葉、それでも言葉で「他者」を歌うことをやめられない悲しさ。

　言葉の達人である作者の巧みさがむしろ「他者」との間＝距離を阻むとき、母音の素朴さ（「あなたの『あ』」と「あたしの『あ』」）を響かせようとする努力として作者のすがたがあらわになった歌集なのではないだろうか、そんな気がする。

少女にはことば灯《とも》りぬくちびるのア音はきよきランプの象《かたち》
ラ・フランス天が実らすみづたまりそのうすみどり卓に切りわく
鎖骨より真珠をはづすさやうならおとうと婚のはつなつゆふべ
良夜とて短き電話くるる母初めに母に洗はれし夜はや
ちりちるれ　鍋の取手のしろがねがひびくきぞけふにぎやかにして
雪降る日列車に男ら寡黙にて笹打つごとき女生徒のこゑ
冷水をくぐりしならむ少年のかほはわたしのことばに濡るる
声紋を消して降りつぐ春の雪街ゆくひとの衿飾りゆく
〈銀河高原ビール〉の缶に星空の高くて二頭トナカイあそぶ
犬とひと相抱き眠る棺ありと縄文古跡に記されをりぬ

『青卵』
東直子

ひかりのように泣きました

ママンあれはぼくの鳥だねママンママンぼくの落とした砂じゃないよね

ひがし・なおこ　一九六三年、広島県生まれ。「未来」短歌会を経て「かばん」同人。一九九六年「草かんむりの訪問者」で歌壇賞受賞、同年第一歌集『春原さんのリコーダー』刊行。小説やエッセイ、絵本など著書多数。

断言できるが、この二十年間の口語短歌でもっとも影響力が大きかったのは東直子の文体だ。

たとえば、穂村弘。たとえば、枡野浩一。彼らの口語短歌はしばしば方法論的であり、そしてしばしば彼ら自身の評論とともに受容されてきた。しかし、より広範囲に東直子のメソッドは普及している。東直子はここ二十年の口語短歌のモードをジャックしてしまったのだ。懸命に避けようとしなければ、東の文体の影響をシャットアウトするのはむずかしい、それくらいに。あきらかに過少評価だった。東のテクニックはほとんど口語短歌の公共物となっているのに、論じられる機会がすくなすぎた。

口語は文語にくらべて使える助詞や助動詞がすくない。和歌をふくむ千数百年の歴史は文語によって五七五七七をいかに巧みに扱うかの歴史である、つまり文語には千年以上の文体のスタイルの蓄積がある。口語はまだ若く、ぎこちない。口語はどうしてもぎ

くしゃくとする、文語短歌の自在なやわらかさを持つことはむずかしかった。

ふたりしてひかりのように泣きました　あのやわらかい草の上では

いいのいいのあなたはここにいていいの　ひよこ生まれるひだまりだもの

ですます調や、他者への呼びかけ。これまで使われることのすくなかった助詞も、東はさも当然のように導入した。思わず真似したくなる、あるいはほとんど意識せずについ真似してしまう、ナチュラルさがある。このテクニックをワンポイント取り入れると、劇的に初心者感が減り、こなれ感が出る。

もういくの、もういくのってきいている縮んだ海に椅子をうかべて

つぶしたらきゅっとないたあたりから世界は縦に流れはじめる

あまりに韻律に説得力があるのでさらりと流してしまいそうだが、一首目は意味を解釈するのが困難だし、二首目は像を結ばない（＝映像を思い浮かべることが困難）、いわゆる難解歌だ。東の本当の凄さは、平易な文体で読者を油断させ、そのなかの新鮮な詩の感

覚をさも当たり前のように受けとらせてしまうことにある。東の文体のニュアンスを真似することはむずかしくないのだが（だからこそこんなに流行ったのだと思う）、そのなかでおこなわれた清新な更新はさらに見逃されてきた。

緑赤、赤赤緑、見えません　砂にめりこむ砂の足跡

たとえば「緑赤、赤赤緑、見えません」は視力検査の場面の台詞のようにも思える。ところが下の句が「砂にめりこむ砂の足跡」となると完全に場面が繋がらない。下の句から上の句を逆に推理すると、「足跡」＝歩いている様子から、「緑赤、赤赤緑」は信号の色の点滅のことをさしているようにも見えてくる。すると「見えません」は不吉なものに思えてくる、たとえば交通事故など。すると砂にめりこんでいるのは歩いている誰かではなくて、もう歩くことができなくなった不在の誰かを暗示しているようにも読めてくるのである。くだくだしく説明してしまったが、おそらくそこまで考えなくとも読者はかなりの割合でこの不安な感覚を一読で体験することができたのではないだろうか。大胆な省略による、しかし飛躍のための飛躍ではない飛躍で、読者を感覚的に説得する。まだこんなやり方が残っていたのか、と思わせる短歌表現の地平をあたらしくひらいた歌人であり、歌集である。

　共著も多い。『回転ドアは、順番に』は、穂村弘との相聞歌の応答集としてつくられており、短歌の読者以外にも広く読まれた。『短歌はプロに訊け！』は沢田康彦主宰の短歌

同人誌「猫又」の短歌をプロ歌人・穂村&東がばっさり批評していく本だが、東と穂村で評価軸がちがうことも、集まっている短歌が素人のものであることも良い効果を発揮しており、数ある入門書のなかでも真に「初心者向け」だとお薦めできる（吉野朔実や本上まなみなど短歌投稿者に著名人が多いことも特徴で、短歌に慣れていない人でも親しみやすく読めるだろう）。他にも『怪談短歌入門　怖いお話、うたいましょう』（佐藤弓生、石川美南との共著）、『なぞって味わう俳句・川柳・短歌の手習い帖』（坊城俊樹、やすみりえとの共著）など、作歌以外の面においても、良い意味で短歌の敷居を下げることにおおきく貢献している。

ママンあれはぼくの鳥だねママンママンぼくの落とした砂じゃないよね

ひまわりの擬態を一晩したままであなたをここに待っていました

好きだった世界をみんな連れてゆくあなたのカヌー燃えるみずうみ

虹になんて謝らないわ黒土に汚れた素足こすりあわせて

鳩は首から海こぼしつつ歩みゆくみんな忘れてしまう眼をして

さようなら窓さようならポチ買い物にゆけてたのしかったことなど

ふたりしてひかりのように泣きました　あのやわらかい草の上では

喧嘩喧嘩セックス喧嘩それだけど好きだったんだこのボロい椅子

昼寝にはさとうさたろう宵寝にははにしだきたろうハムの匂いのフリスビー　飛ぶ

永遠に忘れてしまう一日にレモン石鹼泡立てている

『手紙魔まみ、夏の引越し（ウサギ連れ）』

穂村弘

おやすみ、ほむほむ、LOVE

ほむら・ひろし　一九六二年、北海道生まれ。「かばん」同人。評論集『短歌の友人』で伊藤整文学賞受賞、第四歌集『水中翼船炎上中』で若山牧水賞受賞。『短歌ください』シリーズほかエッセイなど著書多数。

二〇〇一年に『手紙魔まみ、夏の引越し（ウサギ連れ）』が刊行された。以降、二十一世紀において短歌をいかにつくるべきか考えるときにこの歌集を抜きに考えることはできなくなった。それはいまも変わらない。

　昨夜、今までにまみからもらった手紙をベッドに並べて（並べきれない）数えてみたら、全部で五九一通ありました。最初の手紙の日付は一九九九年十月七日で、宛名は「穂村弘先生」。はじめまして、「終バスにふたりは眠る紫の〈降りますランプ〉に取り囲まれて」の歌、大好きです、というファンレターです。

　やがて宛名が「穂村弘様」になり、使われるペンの色がどんどん鮮やかになり、呼びかけが「穂村さん」から「ほむほむ」へ、さらには「ハロー、金のひつじさん（直毛）」「六等星のみつけ方を教えてくれたひとへ」「編み物童貞ほむへ」「ひょむひょむ」「まみの江東区、滝つぼにねむるひと、お元気？」「爪に半月のないあなた」「ほむほむ、まみの内出血」となって、この辺で僕もさすがに、これは、なにか、ただごとではない、と気がつきまし

た。まみの内出血？

巻末の「あとがき」＝「手紙魔への手紙」に引用されている「金のひつじさん（直毛）」「編み物童貞」「まみの江東区」「滝つぼにねむるひと」など、「まみ」のヴィヴィッドな比喩や言語感覚を、穂村が短歌形式に翻案したものがこの歌集である（タカノ綾によるカラー装画で描かれたまみの姿の数々も抒情的にエキセントリックである）。

〈自転車に乗りながら書いた手紙〉から大雪の交叉点の匂い

ほんの少し、風のつよめの日を選び、草原スープ婚のはじまり

まみの生理を食べている怪物が宇宙のどこかに潜んでいるわ

妹の「ゆゆ」と黒うさぎの「にんに」を連れて上京した「まみ」から届く「ほむほむ」へのカラフルな手紙、恋愛感情、生活。すべてが凄まじい濃度で凝縮された眩暈のする歌集である。近代短歌＝〈私性〉＝一人称性＝「歌集の主人公は書き手本人である」という限界を超えて、書いているのは「穂村弘」だけれど「まみ」でもあり、この歌集自体が「まみ」から「ほむほむ」への手紙という形式になっている。

花束のばらの茎がアスパラにそっくりでちょっとショックな、まみよりほむほむの心の中のものたちによろしく。チャオチャオ。まみ（紅しゃけ）おやすみ、ほむほむ。ＬＯＶＥ（いままみの中にあるそういう優しいちからの全て）。

太宰治の名作「女生徒」もまた太宰のもとに送られてきたある少女の日記をリライトしたものである。あるいは、シュールレアリズムの創始者であるアンドレ・ブルトン『ナジャ』は実在したナジャというエキセントリックな女の振る舞いや言動にブルトンが恋した記録である。『手紙魔まみ』もこの系譜の作品だといえるだろう。それぞれの女性たちはそれぞれ男性作者の幻想によって作りかえられてしまっている。暴力であり、搾取であるとしかいいようがないが、彼らのみた幻想や、またそれを整えた手つきが素晴らしく美しいことも間違いなく、これからも男女問わず魅了される人は後を絶たないだろう。

恋人の恋人の恋人の恋人の恋人の恋人の死

杵のひかり臼のひかり餅のひかり湯気のひかり兎のひかり

また韻律における大胆な冒険も行われている。「恋人の」は「五＋五＋五＋五＋五＋六＝三十一」、「杵のひかり」は「六＋六＋六＋六＋七＝三十一」である。ほぼ完全に五七五七七の韻律が破壊されつつ、三十一音をきっちりとまもりあくまで短歌であることをアピールしている。並の甘っちょろい破調とはわけがちがう。
人称においても韻律においても、短歌形式への挑戦でありながら短歌の可能性を信じている、短歌形式への祈りの歌集だ。
第一歌集『シンジケート』を超えた、穂村弘のベスト歌集である。

硝子粒《がらすつぶ》ひかる路面にふたり立つ苺畑の見張りのように

ハロー　夜。ハロー　静かな霜柱。ハロー　カップヌードルの海老たち。

おやすみ、ほむほむ。ＬＯＶＥ（いままみの中にあるそういう優しいちからの全て）。

のぞきこむだけで誰もが引き返すまみの心のみずうみのこと

いちばん美人のかたつむりにくちづけて、命名ヴィヴィアン・ウェストウッド

めずらしい血液型の恋人が戦場に行っ。て。し。ま。っ。た。悪。夢。

赤、橙、黄、緑、青、藍、紫、きらきらとラインマーカーまみれの聖書

「５０００㎞達成。ここで乾杯」（神様、まみを、終わらせて）パチン

いくたびか生まれ変わってあの夏のウエイトレスとして巡り遭う

夢の中では、光ることと喋ることはおなじこと。お会いしましょう

コラム

ニューウェーブ

一九九九年に岡井隆が監修をつとめた『岩波現代短歌辞典』で「ニューウェーブ」の項目を引くと「ライトバースの影響を色濃く受けつつ、口語・固有名詞・オノマトペ・記号などの修辞をさらに先鋭化した一群の作品に対する総称。一九九〇年代初めに加藤治郎・荻原裕幸・西田政史などの作品傾向に対して荻原が命名した。荻原自身もそう呼ばれた。／言葉ではない！！！！！！！！！！！！！！！！！！！！！　ラン！　加藤治郎／（梨×フーコー）がなす街角に真実がいくつも落ちてゐた　荻原裕幸／コンピューター世代が開発した文体ともいえる。方法のみを磨き上げる風潮は「新人類短歌」とも呼ばれた。」という記述に出会う（執筆者は栗木京子）。

もともと短歌におけるニューウェーブとは一九九一年に荻原裕幸が朝日新聞紙上で「現代短歌のニューウェーブ」という挑発的な文章を発表し、そこに加藤治郎、穂村弘、西田政史の歌を引用されていたことに端を発する。では、荻原、加藤、穂村、西田のスタイルを「ニューウェーブ」と呼ぶと仮定した場合、どうなるのか見ておこう。

恋人と棲むよろこびもぽぽぽぽぽぽとしか思はれず　荻原裕幸
戦争が（どの戦争が？）終つたら紫陽花を見にゆくつもりです　（同）
ぼくはただ口語のかおる部屋で待つ遅れて喩からあがってくるまで　加藤治郎
オルガンのペダルは熊の舌のようふめふめふゆのあらしあまつぶ　（同）
「酔ってるの？あたしが誰かわかってる？」「ブーフーウーのウーじゃないかな」　穂村弘
サバンナの象のうんこよ聞いてくれだるいせつないこわいさみしい　（同）
かかはりもなく春は過ぎきみの瞳《め》にG#mがあるから　西田政史
このの ちの数億年を思ふときいちごの味の唾液湧き来る　（同）

前衛短歌の影響を強く受けながら、〈私性〉否定への態度表明、オノマトペを含む口語体の大胆な導入、新しい風俗の切り取り方を提示し、後進の歌人たちにおおきな影響を与えている。

なぜ「仮定」という言葉を使ったかといえば「ニューウェーブ三十年」という二〇一八年にひらかれたシンポジウムが大炎上したからである。このシンポジウムの登壇者は荻原裕幸、加藤治郎、西田政史、穂村弘。フロアから千葉聡が「女性歌人で同じように考えられる方はいませんか」と発言したところからシンポジウムの後半が荒れた。しかし、発端を考えるならこの四人で何の問題もないだろう。問題は「ニューウェーブ」ではなく「ニューウェーブ三十年」のほうにあった。西田は第一歌集出版

後しばらく短歌の世界から姿を消し、二〇一七年に第二歌集『スウィート・ホーム』でカムバックしている。西田は初期はニューウェーブの一員として大きく寄与していただろうが、そのあとは運動体としてのニューウェーブにはタッチしていない（シンポジウムはその意味合いでは「同窓会」のように見えた）。他三名は「エスツー・プロジェクト」として活動していたが、ここで西田政史を頑なにカウントするのならば「三十年」のあいだに荻原、加藤、穂村の近くでニューウェーブという運動体を盛り上げることに参加していた歌人たちをメンバー外として切り捨てるのは勝手なのではないか、という不満だったのではないかと思う。実際、シンポジウム中に加藤は、千葉聡、秋月祐一、斉藤斎藤、笹井宏之、岡野大嗣、初谷むいなどの歌を「ニューウェーブ系」として取り上げている。「系」として自分たちの系譜の手柄のように作品や歌人を扱いながら、いざとなったら別のものだと切り捨てるのでは不満が溜まっても仕方がないだろう（比較すると、枡野浩一は「マスノ短歌教」を名のりみずからのエコールをつくるという態度をわかりやすく打ち出していて誠実だったと思う）。

シンポジウム中に加藤は「『サニー・サイド・アップ』の時に俵万智さんとセットでライトヴァースという風に言われていたんですね。けれど三十年経ってみて「ライトヴァース三〇周年」は誰も企画しない」と発言しているが、それは加藤がニューウェーブを選び、俵万智に欲がなかったからだと思う。

『岩波現代短歌辞典』で今度は「ライトバース」の項目を引いてみると同じく栗木京子が執筆している。「八五年のシンポジウム「ゆにぞんのつどい」で岡井隆がライトバース

を提唱したことを嚆矢」として、仙波龍英、林あまり、中山明、俵万智、加藤治郎の名前が挙げられている。「パロディや俗語をいかした軽妙なスタイル」、「都市風俗をちりばめた軽やかで饒舌な歌」と書かれているのに穂村弘が入らないのが不思議なくらいで、それくらい「ライトバース」「ニューウェーブ」は近く見えるのに、用語や運動の名前として定着し、歴史化されてしまうと政治が発生してしまう。ここがむずかしいのである。

　現在「ニューウェーブ」は、作風や実験スタイルをあらわすのと同じくらい、九〇年代の短歌シーンを指し示す言葉としても定着しつつある。そのときに、「ニューウェーブ」は、荻原、加藤、穂村、西田の四名以外いないといわれれば、他の歌人はまったく含まれないのかという疑問が起こるのはごく自然なことと思える。

　また穂村弘は一九九八年に「〈わがまま〉について」という文章を発表しており、ここで「広義のニューウエーブ」として井辻朱美、紀野恵、水原紫苑、俵万智、山崎郁子、早坂類、東直子の名前を挙げている。混乱が起こって当然だろう。「ニューウェーブ三十年」の炎上を受けて、千葉聡が司会となり、東直子、水原紫苑、江戸雪による「わたしたちのニューウェーブ」が開かれた。このとき水原は「ただ、自分自身のことを正直に言えば、私はニューウェーブの中核の歌人たちとすごく親しかったから、それだけに孤独でしたね。全然入れないっていう感じがあって。」と発言している。江戸が「でも水原さんにはみんな優しかったんでしょう？」と問うと、「友達としては優しかったけど、歌は入れないという。」と答えている。たいへん根深い問題であり、いろいろな運動体が歴史化していくときに、こういった視点が取りこぼされてはならないだろう。

2002

『歩く仏像』

渡辺松男

やたらに笑いぞわっぞわっ

わたなべ・まつお　一九五五年、群馬県生まれ。「かりん」所属。第一歌集『寒気氾濫』で現代歌人協会賞、『泡宇宙の蛙』でながらみ現代短歌賞、『歩く仏像』で寺山修司短歌賞、『蝶』で迢空賞を受賞。

歌人は第一歌集が作品のピークであるといわれることが多く、そして実際に第一歌集が最高傑作であった歌人はすくなくない。けれど歌集の数を重ねる毎にどんどん歌がよくなっていく歌人もいて、渡辺松男はまちがいなく後者のタイプの歌人である。

約束のことごとく葉を落とし終え樹は重心を地下に還せり

『寒気氾濫』

キャベツのなかはどこへ行きてもキャベツにて人生のようにくらくらとする

（同）

一のわれ欲情しつつ山を行く百のわれ千のわれを従え

（同）

ごうまんなにんげんどもは小さくなれ谷川岳をゆくごはんつぶ　『泡宇宙の蛙』

生を鈍き音たてながら行く父よごんずいごんずいの花　（同）

ぞっくぞっくと悪寒するなりわたくしのどこを切りても鼠の列　（同）

一九九七年に出版された第一歌集『寒気氾濫』と一九九九年に出版された第二歌集『泡宇宙の蛙』から引いた。樹木や森林や山をモチーフとしてアニミズム的展開をもくろんでいるのは第一歌集からだが、第二歌集は、やや理が勝ちすぎていた第一歌集よりも、比喩、オノマトペ、文体のレベルで世界観の発展が見られる。「ごんずいごんずいの花」には父の生のメタファーとしてゴンズイ（初秋に赤い実をつける木）を持ち出してくるにとどまらず「ごんずいごんずいごんずい」とオノマトペ化することで粘りのある歌になっているし、「百のわれ千のわれ」と数字で詠まれていた感覚が「ぞっくぞっく」「鼠の列」というなまなましい身体性をともなって表現されるようになっている。

みどりの木みどりの子ども零しあいしぼりあいまだしぼりがたらぬ

きららきららさくらに食われつぎつぎに人溶けてゆく天国だもの

第三歌集『歩く仏像』では、さらに、もともとはモチーフだった樹木や森林と、自我や人間が混じり合い、アニミズムが文体と世界観をよりまぐわい合わせるようなかたちで実現される。樹木が人間のように歌われ、人間が樹木のように歌われる、それが作者にとって「天国」＝理想の空間なのである。

素敵な7枯野に立ちてみずからをまっとうすと聞かば逢いたきものを

10の1はおのこにて0はおみなにてトンボは1の天辺にくる

1から10までの数を歌に詠みこんだ「数」という連作から引いた。「百のわれ千のわれ」は数字を用いて自我の解放を詠もうとしていたが、この連作は数をすっかり身の内にとりこんでアニミズムで遊んでいるという余裕すら感じられる。「1」をおのこ＝男＝男根、「0」をおみな＝女＝女性器に見立てたところまではシンプルなフロイト的見立てだが、ここに「トンボは1の天辺にくる」を軽やかに付け加えてしまえる手つきが見事であり、出色の出来映えである。

かこみらいかこみらいかこぶらんこかちる花かわれいったりきたり

「かこみらいかこみらい」は「過去未来過去未来」だろう。そのあと「かこ＝過去」「ぶらんこ＝ブランコ」と「こ」の音で繋ぎ「過去ブランコか」と繋ぎ、さらに「過去ブランコか」「ちる（＝散る）花か」と「か」で繋ぐ。「過去未来」という時間感覚を「ブランコ」「散る花」という現実の揺らぎのイメージを音で接続させ、悠久の時間とも交わろうとする（＝「いったりきたり」）。破格のスケール感覚である。

そして二〇一二年、第七歌集『蝶』は歌壇の最高峰である迢空賞を受賞した。

くしゃみをすればまっしぐらに飛びてゆくものあり一休禅師はいま月の裏

みどりの木みどりの子ども零しあいしぼりあいまだしぼりがたらぬ

父や祖父がやたらに笑いぞわっぞわっ竹藪が進軍している窓辺

春はあなたのくちびるだからひゅうと吸いこまれてさくらさくらのうごき

大地のどこも便所たりえしころのことカンガルーのようにわれと弟

円をぬけ円へもどりてくるまでの一世にてうつらうつらうつら牛の目

凍死はきもちよいぞとたれか言いたれば降りて　ゆき　ゆき　木乃伊の眠り

世界はつねに臨月の熊であると言いぐいぐいと酔っぱらってゆくおんな

こころがこりっこりっとしきりに突起するさみしいなあきょう翠雨というに

口《くち》をかき○《まる》をかき○を赤くぬり口に貼りつけできあがりたり

2002

『プライベート』

佐藤真由美

動けずにいるわたしの全裸

さとう・まゆみ　一九七三年、新潟県生まれ。枡野浩一に出会って作歌を始める。枡野浩一著『かんたん短歌の作り方』に「脚を切る」五十首を発表。歌集のほか、エッセイ集『恋する歌音』、MISAへの歌詞提供など。

枡野浩一の「マスノ短歌教門下」からはポップでカラフルな歌をつくる女性歌人がたくさん誕生した。『かんたん短歌の作り方（マスノ短歌教を信じますの？）』の連載媒体が少女漫画誌『CUTiE Comic』だったことも大きな要因だろう、ポピュラリティのある短歌が復権しつつある現在から顧みても、やはりたいへん異例なケースだったと思う。

あの人が弾いたピアノを一度だけ聴かせてもらったことがあります　加藤千恵

この道は春に花降る道となる　パラダイスとは変化するもの　天野慶

充たされぬ物語などケチがつき内緒話が異常にヒット　向井ちはる

佐藤真由美と加藤千恵は、歌集も文庫本化され、小説も刊行している。とくに名の知

られるようになったふたりだろう。

いまから十一年前、二〇一〇年、現代歌人協会主催の公開講座で、「ネット系ＶＳ結社系」と称して、ネット系から枡野浩一と加藤千恵、結社系からは加藤治郎と花山周子、そしてそのあいだを取り仕切るのが穂村弘、というイベントが開催された。そのなかで加藤千恵の「結社系の方は短歌を趣味としてやっている方が多い」という発言が一部で物議を醸したことがあった。加藤千恵本人は、自分が小説や短歌で生計を立てているプロであるというプライドもあったのだろうし、必ずしもそのプラス面ばかりを主張したわけでもなかったらしいのだが、短歌で生計を立てようと思っても立てられるはずもない九九%の歌人たちのうちのいくらかはこの「趣味」というワードチョイスに当時カチンときただろう（わたし自身をふくめ）。

佐藤真由美も、短歌や小説で生計を立てられるくらいの収入はあっただろう。けれど、佐藤真由美のスタンスは加藤とはすこしちがったものだったように思える。

> もし『かんたん短歌のつくり方』がなかったとしても、加藤千恵ちゃんは世に出ていたし、天野慶ちゃんは短歌を詠んでいたし、枡野さんも枡野さんだったと思います。でも、わたしは枡野さんがいなかったら、絶対に短歌など作らないし、新聞で連載もしないし、エッセイや小説を書くこともなく、たくさんの幸運と恵まれたご縁によって知り合った多くの方と出会うこともできなかったでしょう。

『かんたん短歌の作り方』は発行から十四年後、二〇一四年に文庫化された。そこに記された佐藤真由美のコメントである。枡野浩一への最高の謝辞である。けれどよく読むと、佐藤のすこし不思議なスタンスもそこにあらわれているようにも思える。おそらく佐藤真由美は自分がつくったものをどうしても世の人に問いたいというタイプの表現者ではなかったのではないだろうか。

今すぐにキャラメルコーン買ってきて　そうじゃなければ妻と別れて

この歌は評論家の北上次郎に激賞されたし、

この煙草あくまであなたが吸ったのね　そのとき口紅つけていたのね

は一読したら忘れられそうにないし、

一本の指のマニキュア乾くまで動けずにいるわたしの全裸

目をつむり飛び込みかけた信号でやさしく拾ってくれるタクシー

褒め言葉にはならないだろうが、こういった歌は結社系の歌人の歌集に入っていても

何の違和感もないだろう。

けれど、それらもすべて佐藤にとっては――歌集のタイトルを信じるならば『プライベート』でしかなかったということが、この歌集が二〇〇〇年代の初頭に刊行されたかけがえのなさでもあったのだろう。

東口バスターミナルでキスをして別れるために出会ったふたり
マスカラがくずれぬように泣いている　女を二十五年もやれば
ありがとう　いつも一緒にいてくれて　たまに一緒にいないでくれて
今すぐにキャラメルコーン買ってきて　そうじゃなければ妻と別れて
この煙草あくまであなたが吸ったのね　そのとき口紅つけていたのね
友達でいようだなんて話し合う友達同士はいない　絶対
一本の指のマニキュア乾くまで動けずにいるわたしの全裸
目をつむり飛び込みかけた信号でやさしく拾ってくれるタクシー
やれそうと思われたのは悔しいが事実やったんだからまあいい
夜になるとそのことばっかり考える夜のわたしが夜のあたまで

『嬬問ひ』

高島裕

豊葦原瑞穂国の白飯

たかしま・ゆたか　一九六七年、富山県生まれ。学生時代から作歌をはじめ、「未来」短歌会入会。『旧制度《アンシャン・レジーム》』でながらみ書房出版賞受賞、『饕餮の家』で寺山修司短歌賞受賞。「[sai]」同人。

その正午――死の屋上に震へ立つ少年の頭《づ》へ声は降《ふ》り来《き》つ　『旧制度』

虐殺の火弾《ひだま》かがやく真夜中のアルタ前にて君とはぐるる　（同）

高島裕「首都赤変」は第四十一回短歌研究新人賞候補作となった。受賞には至らなかったものの大きく話題を呼んだ。軍事テロが起こった架空の東京をヴァーチャル的想像力を駆使して描いた連作である。六〇年代や七〇年代の若者ならば安保闘争や大学紛争にみずからの思想を賭して詠んだであろう連作を高島は九〇年代に詠んだ。必然的に『新世紀エヴァンゲリオン』などサブカルチャー的イメージとの混交となっている。この連作は高島の第一歌集『旧制度《アンシャン・レジーム》』に収録されている。

読みさしの東《あづま》浩《ひろ》紀《き》を忍ばせてふるさとはつねに、つねにアポリア　（同）

『旧制度』には、富山から上京し、二十代を一九九〇年代の東京で過ごした若者の鬱屈とした抒情があった。

そして三年後の二〇〇二年、第二歌集が刊行された。第二歌集『嬬問ひ』には「首都赤変」につづく系統の連作「オイディプスの帰還」が収録されている。ギリシャ悲劇『オイディプス王』を下敷きにして変奏した連作である。他国に攻め滅ぼされ殺された先王の、皇子が遠流された土地から母国復興のために反乱を起こすストーリー（であるように読める）。

劣悪《シュレヒト》！　劣悪《シュレヒト》！　〈平等〉の旗奴碑の旗母国の肌を瀆《けが》し靡かふ

火花零《ふ》る闇のしづもり　母死せり　陰《ほと》ふかぶかと杭を打たれて

慟哭ののち天《そら》を焼くこころかな投降の侏儒千、鏖《みなごろし》

「侏儒」は小人、あるいは見識のない人を指す言葉で、「オイディプスの帰還」では敵方を意味する語として用いられている。中国の古代書『魏書』や『後漢書』に登場する、倭国の南方に位置すると記された「侏儒国」をイメージしている可能性もある。すると、「オイディプスの帰還」は侏儒国に侵略された倭国を奪還する嫡子の物語であるということになる。浪漫主義極まれり、といった感がある。

よく槍玉にあげられる齋藤茂吉を筆頭として短歌の戦争荷担責任を現代歌人たちは外側からも求められつづけている、そして歌壇内部でも反省がある。しかし現存する歌会始をはじめ天皇制と繋がりのきれない文学であることも一方で現代歌人たちは受けとめなければならず、結果としてそのねじれを歌人は無意識に内面化しているためだろうか、歌人のほとんどは左派である。右派であることを表明するのは、戦後短歌の建前を崩すことになるので忌避される。そのなかでたいへんめずらしく高島裕は右翼的感性をはっきりと打ち出してくる歌人だ。

豊葦原瑞穂国の白《しら》飯《いひ》をコーラで流し込むのはやめよ

他にも「8・15靖国」「くにのはた、くにのうた」といった、靖国参拝や日の丸、君が代をうたった連作がある。また、二〇〇一年九月十一日にアメリカ同時多発テロ事件を起こしたテロリストたちに共鳴した「アルカイダ」という連作もある。

東《ひむがし》ゆ日輪は背を押しやまずうすずみの陸《くが》顕てり　母国

民衆、といふ母つ海《み》を思ひゐしわがすぎゆきのなつかしきかな

この海は母の内部へつづくべし逆児と化《な》りて遡りみむ

母国＝母＝女＝性愛＝嬬＝妻はこの歌集のなかでは深く繋がっている。「嬬」を「問ふ」とは、女を＝恋い求めること＝国を愛することと同義であり、同時にこの国への、そしてこの詩形への高島からの問い返しでもあるといえるだろう。

匿名の海に紛れて消えぬやうその冷えた掌《て》を離すな、吾妹

薄明を髪みだれつつ眠りゐる汝が多義性をひそかに容《ゆる》す

入水者を容れてしづもる碧《みどり》かな〈個〉は利鎌もて刈られ続けき

豊葦原瑞穂国の白飯《しらいひ》をコーラで流し込むのはやめよ

侵略の旗、天皇の歌と謂ふ母乳《ちち》啜りゐし唇《くち》もて言ふか

哲学、といふ結晶を思ひゐしわがすぎゆきのなつかしきかな

この海は母の内部へつづくべし逆児と化《な》りて遡りみむ

うるはしき家父長制を語りをり夕光《ゆふびかり》さす茶房に姉と

嬬《つま》問ひの旅の中途《なかど》と思ひをり中途のままに尽きむ、一生《ひとよ》は

アフガンは包囲さるるやひしひしとわが黄色《わうしよく》の膚《はだ》を搏つ雨

『キンノエノコロ』前田康子

産み月のようなくらさ

まえだ・やすこ　一九六六年、兵庫県生まれ。「塔」と「京大短歌会」に所属し　吉川宏志らと活動。『窓の匂い』で佐藤佐太郎短歌賞受賞。「塔」選者。

前田康子の歌を読んでいるとハラハラする。目を離したらどこかにふといなくなってしまいそうな、主体のあぶなっかしさを感じるからである。「守ってあげたい」などと思ってしまいそうな、庇護欲をそそられることもある。

水鳥は水の時間をゆるめおりみごもりし身を斜面に置きぬ

思わず、「あぶない」と口に出してしまいそうになる。斜面に置かれた妊婦のからだを心配してしまうのはこちらの身勝手というもので、そのからだは彼女自身のものである。「水鳥は水の時間をゆるめおり」の水は「みごもりし身」の羊水と通底しているようで、腹のなかの子供ごと「水の時間」に吸い込まれて存在が見えなくなってしまいそうな気がするのである。

たっぷりと真水を抱きてしづもれる昏き器を近江と言へり　河野裕子

結社「塔」の先輩歌人である河野裕子の代表歌のひとつとくらべてみるとわかりやすいかもしれない。「近江」とは琵琶湖の古称である。河野裕子はみずからのからだの比喩として、シンクロさせ、抱きかかえるように水を詠む。一方、前田は近しさを感じながらもぼうっとしながら遠くから見ているようである。言い換えるなら、河野は身体感覚をともなう「母性」をまるごと全身で表現しているのだが、前田は半身を浸しながらしずかに受け止めているようだ。

> 新しい歌い方はしていない。先蹤もあろうし、小市民的でもある。家族制度への批評もなければ、子供との距離を意識的に歌っているのでもない。前田康子の歌には、戦略や小賢しさは似合わない。

第一歌集に寄せられた河野の前田評である。厳しいようにも見えるが、新しい価値観を呈示しているかは歌の良し悪しには関係ない、という河野の価値観と前田への励ましが見える（河野はしばしば自身の歌の「旧来的」女性観を批判されてきた）。河野は、前田の「とりとめのなさ」「情緒不安定の靄がかかったような不思議なおぼつかなさ」に前田にしかない「〝ある感じ〟」があると評価している。

それは、虚の存在感とでもいおうか、何かこの世の外に片脚をかけているような、不思議にさびしい何かなのであろう。

第二歌集『キンノエノコロ』ではさらにその感が強くなっている。

題名もわからぬままに見ていしが映画の奥へ風吹き抜ける

眠り草眠り続けて人に触れるよりもやさしく本を抜く夕

産み月のようなくらさを携えて布袋葵の流さるるを見る

河野が〝ある感じ〟と呼んだ、前田の、喪失感覚を淡い輪郭と色彩で描きだす独特の抒情性は『キンノエノコロ』で姿を鮮明にあらわした。安心して心配できるようになった、というと矛盾するようだが、あぶなっかしさを描く手つきが確かなものとなったのである。

『キンノエノコロ』では、ひとり目の子供を育てながら第二子を妊娠出産する日々が詠まれている。

どう風に揺れてみたってエノコロはエノコロのまま寂しい頭

乳房がふわりと浮ける感じしてブランコに立つ　妻なり昼も

「どこにも行けない」という悲しさを詠んでいるようなのに、一方で、いつでもどこかに行ってしまいそうでもある。歌集を読みながらわたしたちは前田を引き止めつづけているようだ、――ここで歌をつくってください、と。

雪の箱となりし電話ボックスにやさしく彼を閉じ込めたくも
ずんずんと銀河育ちている真昼子がいつか逢う一人を思う
草はらに草の重心揺れ合いて尿《ゆまり》しており小さき私
合鍵を初めて貰いし秋の川その人の子を産みて渡り行く
真昼間の銭湯がらんと開けられて人の匂いが路地に出てゆく
産み月のようなくらさを携えて布袋葵の流さるるを見る
水鳥は水の時間をゆるめおりみごもりし身を斜面に置きぬ
うつくしき色紙のごとこの子らの診察券をそろえて持ちぬ
いいよ夏、まだゆっくりと来てくれて羊蹄《ぎしぎし》太く呼吸している
二十一世紀と言うは四角い箱の感じする冬のひかりが深く差し込み

『念力家族』

笹公人

黒板消しを宙に止め

ささ・きみひと　一九七五年、東京都生まれ。「未来」選者。歌集『念力家族』『念力図鑑』『抒情の奇妙な冒険』などのほかに和田誠との共著『連句遊戯』、出口王仁三郎『王仁三郎歌集』編纂など。

ベランダでＵＦＯを呼ぶ妹の呪文が響くわが家の夜に

前世の母恋しくて夜泣きする弟に燃ゆ母のジェラシー

守護霊の目が気になりて千円札交番に届ける兄は独身

弟の蒲団《ふとん》におねしょの世界地図ムー大陸まで染みているなり

ポチにしか聴こえぬレコードつくりおえガッツポーズの犬《いぬ》公方《くぼう》は父

たいへん奇妙な家族である、これがすなわち念力家族。ポップかつマニアック、サブカルの王道、リアリズムなど知ったことかという奔放な作風の笹公人は、ふだん短歌に馴染みのない読者層にもリーチしてヒットした。発売後、と学会『トンデモ本の世界

T』で「爆笑できる短歌集」として紹介された。また、帯文で蜷川幸雄が、

笹公人は、まるで江戸川乱歩が描く「怪人二十面相」と対決する小林少年のようだ。彼の明晰な頭脳は、世界を少女、友人、家族、宇宙などに分類する。やがて透明な抒情がユーモアというセロファンに包まれて短歌となる。やはり彼は、二〇〇三年の小林少年なのだ。

新しい才能はいつだって美しい！

と絶賛している。二〇一五年にはEテレで連続ドラマ化され、朝日文庫で復刊した。文庫版の解説は映画作家の大林宣彦であり、映像・演劇に親和性が高い歌集だということがよくわかる。

笹公人は、本屋で手にとった寺山修司の歌集に衝撃を受け、十七歳で作歌をはじめた。寺山修司はアングラ演劇を代表する劇団「天井桟敷」の主宰として有名だが、そのキャリアのスタートは短歌であった。十八歳のときに「短歌研究」第二回五十首詠で特選となり、そのみずみずしい青春歌が話題となった。けれど笹が影響を受けたのは、土着的な作風に転向してからのものだという。

新しき仏壇買ひに行きしまま行方不明のおとうとと鳥　寺山修司

亡き母の真赤な櫛で梳《す》きやれば山鳩の羽毛抜けやまぬなり　（同）

老父ひとり泳ぎをはりし秋の海にわれの家系の脂泛《う》きしや　（同）

寺山修司の『田園に死す』といえば映画のほうが有名だろうが、寺山の第三歌集も同じタイトルで出版されており、郷土青森の習俗を陰惨に描きだしている。読んでみれば、なるほど、『念力家族』が大きく影響を受けていることははっきりとわかるが、一方、違いもくっきりと見えてくる。『田園に死す』にくらべると『念力家族』はまったくからりと明るいのである。

落ちてくる黒板消しを宙に止め３年Ｃ組念力先生

恐山《おそれざん》のイタコに憑《かか》るナポレオンは青森弁の素朴な男

金星の王女がくれたクリームで美人になってゆく妹よ

念力なるものが及ぶのは家族のあいだにとどまらず、学園に、ふるさとに広がっていく。伝染していくのはかろやかなおかしみである。笹はこの念力を読者にどうだどうだ笑っていいぞとエンタテイメントとして放ちつづけている。この第一歌集『念力家族』のあとも、『念力姫』『念力図鑑』『念力ろまん』『念力レストラン』と念力ワールドは広がりつづけている。

笹は現在、結社「未来」で選歌欄「抒情の奇妙な冒険」（これは早川書房のハヤカワSFシリーズJコレクションから出版された笹の第三歌集のタイトルでもある、荒木飛呂彦『ジョジョの奇妙な冒険』のもじり）を持っているが、かつては「笹公人の短歌プロジェクトBlog　笹短歌ドットコム」を運営していた。短歌投稿をつのり、「笹師範」として歌を指導していた（「マスノ短歌教」の活動との同時代意識の共鳴）。投稿者のなかには、笹井宏之、松木秀、虫武一俊の名前も見える。ゼロ年代における、インターネット上の短歌プラットフォームのひとつとしてしっかりと機能していたことも記しておこう。

注射針曲がりてとまどう医者を見る念力少女の笑顔まぶしく
シャンプーの髪をアトムにする弟　十万馬力で宿題は明日
落ちてくる黒板消しを宙に止め3年C組念力先生
レントゲン写真に肋骨《ろっこつ》写らないアダムと名乗る生徒の微笑
「ドラえもんがどこかにいる！」と子供らのさざめく車内に大山のぶ代
少年時友とつくりし秘密基地ふと訪ぬれば友が住みおり
金星の王女がくれたクリームで美人になってゆく妹よ
空っぽのプールに僕を連れてきた美人教師の右手にナイフ
畳屋が剝《は》がした畳に貼《は》りついた古新聞の力道山よ
中央線に揺られる少女の精神外傷《トラウマ》をバターのように溶かせ夕焼け

『木曜日』
盛田志保子
書いてしまった知らない手紙

もりた・しほこ　一九七七年、岩手県生まれ。水原紫苑に出会い作歌をはじめる。コンクール「うたう」で作品賞受賞。第一歌集『木曜日』は二〇二〇年、現代短歌クラシックスとして復刊された。「未来」短歌会所属。

短歌総合誌「短歌研究」は二〇〇〇年に短歌コンクール「うたう」を開催した。審査員は、穂村弘、加藤治郎、坂井修一。七百篇を超える応募があった。最高賞である作品賞を受賞したのが当時二十三歳の盛田志保子だった。投稿者一覧は壮観で、雪舟えまや飯田有子、石川美南、佐藤真由美に加藤千恵など、二〇〇〇年以降の短歌シーンを盛り上げていく歌人の名前がたくさんある。このときの様子を収録している「短歌研究」創刊八〇〇号記念臨時増刊号「うたう」は混沌としながらもさまざまな歌人の個性が誕生しつつあったゼロ年代短歌の生々しい記録となっている。

盛田志保子は早稲田大学に在籍していて、非常勤講師として水原紫苑が受け持っていた「短歌実作」の授業で作歌をはじめたという。ここで盛田は水原に「あなたの歌、いいわよ」と褒められたことから歌作に励むようになったらしいのだが、そもそものところは「第一希望の授業に落ちて、仕方なく」受講しはじめたというのだから、巡り合わせとはおそろしいものだ。

盛田志保子の歌の魅力は世界を素手で鷲摑みにするかのようなダイナミックさにある。

世の中でいちばんかなしいおばけだといってあげるよまるかった月

藍色のポットもいつか目覚めたいこの世は長い遠足前夜

ある朝は網にかかった電車ごとみんなで海に帰りたいです

はち切れそうな生《なま》のポエジーが五七五七七に詰め込まれている。それこそ「遠足前夜」のようであり、短歌といううつわ＝「リュック」にぎゅうぎゅうにこれでもかというほど盛田の感性が押し込まれている。

リモコンを瞳に向けて撃つときの痛みのような二月の部分

笑いこらえ歩く銀河の船底は布が一枚張ってあるだけ

わたしはこの二首を、身体性と比喩と韻律の緊張関係がもっとも美しく張りつめているゼロ年代短歌の最良の達成のひとつと考えているが、この成功を支えているのは前述の感覚だろう。

ほとんどの短歌作者と同様に、盛田もまた徐々に短歌の韻律に習熟していく。そこか

らあらたに生まれたのは、のびやかで自由な主体のスケールのおおきな天与の自在さを持つ歌であり、「うたう」作品賞を受賞した「風の庭」一連である。

天を蹴る少女の足を引き戻すべく冬の日のブランコが鳴る
夜の川つかめばぐんとのたうちて蛇のごとくに姿を消しぬ
あっちゃんはどこにもいないということがきらきら羽虫のごとく来たれり

健やかに歌いあげることの良質さが詰まっている。

盛田は運営していたホームページがきっかけとなり、二〇〇五年に『五月金曜日』というエッセイと詩の中間のようなテクストを集めた随想集も晶文社から出版している。

> 五月某日　佳境に入る
>
> こうしてわたしが、なんでもかんでも書くのは、おもしろくなって、忘れるためだ。一点に気を、集めるためだ。分解してばらばらになったのでは、この宇宙にいられない。おもしろい気持ちになることが、いちばんなのだ。もっとも偉大な、生きるための、知恵なのだ。人の体は本来、おもしろい気持ちでできているんだもの。

まぶしい宣言である。

世の中でいちばんかなしいおばけだといってあげるよまるかった月
りりあんを光のなかで編むように書いてしまった知らない手紙
あばらからこぼれ落ちない心臓よピーナッツのみんなは頬杖を
雨だから迎えに来てって言ったのに傘も差さず裸足で来やがって
リモコンを瞳に向けて撃つときの痛みのような二月の部分
いつか死ぬ点で気が合う二人なりバームクウヘン持って山へ行く
笑いこらえ歩く銀河の船底は布が一枚張ってあるだけ
ああなにをそんなに怒っているんだよ透明な巣の中を見ただけ
あっちゃんはどこにもいないということがきらきら羽虫のごとく来たれり
星と星つなぐ閃き買って出てあたり一面の星をかなしむ

『木曜日』　盛田志保子

『銀耳』 魚村晋太郎

去年とは月の模様が違ふ

うおむら・しんたろう　一九六五年、神奈川県生まれ。「玲瓏」に入会、塚本邦雄に師事。岡井隆の呼びかけによる超結社の歌会「左岸の会」に参加。第一歌集『銀耳』で現代歌人集会賞受賞。「玲瓏」編集委員。

人生の暗がりも知悉した後に、スケルッツォ風の旋律を間奏曲風に一首一首にまつはらせる技法。みづからは自覺せぬ間に、この不氣味な寄宿者はぬけぬけと見事に越境活躍する。追拂ふてだてもない。言語感覺の冴え抜群。修辭のうまみは私にさへ兜を脱がせる。

魚村さんは「玲瓏」の若手の中の中心的な存在といふ風にきいてゐるが、わたしにとつては、超結社の歌会「左岸の会」で、いつも競作しては、痛い目に遭はされてゐる強敵なのである。「左岸の会」は、無記名の歌を提出して互選をするのだが、高点歌で「これは？」と思つて見てゐると、作者魚村さんの名があとで明かされる。そんなことがくり返されると、いやでも相手を意識することになる。

帯文は塚本邦雄（前者の引用）、解説は岡井隆（後者の引用）。前衛短歌の二大巨頭を第一歌集にいただくのは、塚本邦雄が主宰する結社「玲瓏」で中核を担い、岡井隆が参加する互選歌会でしばしば高得点歌を叩き出す、現代詩ものし俳句にもあかるい、修辞の

達人、魚村晋太郎である。

萬國旗つくりのねむい饒舌がつなぐ戰爭《いくさ》と平和と危機と　塚本邦雄

夜夜移るつめたき戦火　隣人の舌もて秋の蛍を潰す　魚村

花から葉葉《は》からふたたび花へゆく眼《め》の遊びこそ寂しかりけれ　岡井隆

枝を濡らし幹へ瀝る雨水のうつくしき欲もちて近づけ　魚村

塚本邦雄的な語彙の美意識、岡井隆的な自在さ。のみならずニューウェーブ的な口語のかろやかさも身につけている。それぞれの技術をみずからのものとしながらも、魚村には欲というものが欠けている。

前衛短歌にしろ、ニューウェーブにしろ、運動やイズムには相応の、いや場合によっては以上の野心が必要であり、それ抜きに短歌シーンの塗り替えも革命もありえない。魚村にはおそらくその力があるだろうに、行使しようとしない。

去年とは月の模様が違ふ、とか　あまい誤謬《ごびう》を信じたくなる

幽霊がペディキュアを塗りあふやうな一夜だ萩が風に乱れて

幻想の美しさに一心に修辞の力を捧げているような歌だ。

魚村ほどの修辞の力量があれば、もっと、他にその力を使ってできることがあるだろう。たとえば、政治詠や社会詠で、するどく現代の偽善を暴いたり。たとえば、職業詠や境涯詠で、人の心をやわらかくして癒したり、共感を得させたり。第二歌集『花柄』になるとそういった歌もすこし見られるようになるがストイックさは変わらない。

短歌にとって〈私〉とは、対象であるよりもまづメディアとしての〈私〉である、と感じてきた。生きてゐる自分自身の時間と生理を、フィルムまたは印画紙として、風景や他者、そしてしばしばもつと普遍的なものの断片を、写し取るのが短歌ではないか。

「あとがき」にこう記された『花柄』の出版は二〇〇七年。二〇〇五年に魚村は師・塚本邦雄の死をむかえている。二〇〇五年以降の歌壇は、とくに文体において塚本的な詰屈さから岡井的なゆるやかさにどんどん比重が傾いていく。この傾向はポストニューウェーブにおいてもみられるものだ（岡井隆の死をむかえた二〇二〇年以降もその傾向は変わっていない）。魚村の歌もまた岡井的な〈私〉というメディア＝柔軟さに重心がうつっていった。

そらされた目があつまつてゐる空に淡い質量をかかげて花は　『花柄』

あなたが退《ど》くとふゆのをはりの水が見えるあなたがずつとながめてた水　（同）

第三歌集は書肆侃侃房の現代短歌シリーズからの刊行が予定されている。魚村の変化を見届けたい。

枝を濡らし幹へ瀝る雨水のうつくしき欲もちて近づけ
断面の苺　あなたが見殺しにした真冬から葉書が届く
去年とは月の模様が違ふ、とか　あまい誤謬《ごびう》を信じたくなる
木苺はタルトに積まれこの雨の午後、既視感を言ふひとの声
中指を立てる千年先からも空色の爪がよく見えるやうに
水鳥の視野に加害者Bとゐて悪意のやはらかきに触れあふ
幽霊がペディキュアを塗りあふやうな一夜だ萩が風に乱れて
ぎりぎりまで母音の列を追ひつめてやや追ひこせば光れり干潟
一蓮托生、その蓮揺れて　最終のメトロは都市の記憶をくぐる
底の浅い冬のこころを覗かれてゐたみづうみをみるやうな眼で

『O脚の膝』

今橋愛

あまい。そこにいたとき
濃い。これはなんなんアボガド？
しらないものこわいといつもいつもいうのに

いまはし・あい　一九七六年、大阪府生まれ。大学在学中に岡井隆に出会い、作歌をはじめる。「O脚の膝」で北溟短歌賞受賞。「[sai]」同人、「未来」短歌会所属。『早稲田文学増刊　女性号』などに寄稿。

今橋愛は二〇〇二年に開かれた第一回「北溟短歌賞」を受賞した。審査員は水原紫苑と穂村弘で、次席は石川美南と永井祐だった。一読、フォルムの異様さとひらがなの多用に気がつくだろう。

ふるさとの訛《なまり》なつかし
停車場《ていしやば》の人《ひと》ごみの中《なか》に
そを聴《き》きにゆく

石川啄木

おほてら　の　まろき　はしら　の　つきかげ　を　つち　に
ふみ　つつ　もの　を　こそ　おもへ

會津八一

多行書きといえば石川啄木、ひらがなの多用といえば會津八一が思い浮かぶ。多行書きは短歌のリズム感を脱臼させるし、ひらがなの多用は読者に意味の把握の速度を遅らせる。今橋の歌は、読者に時間を要求する、「ゆっくり読んで、しっかり理解しろ」と。文体が要求する命令と、意味内容のシンプルさ＝わかりやすさが相反しているところにおもしろさと味がある。

きのう家。
軽くこわれて　かあさんは
こんな日にだけ　むらさきのしゃどうを

短歌の基本は「てにをは」だといわれている。助詞のニュアンスで巧拙が問われるし、リズム合わせのために助詞抜きの歌をつくるとすぐに素人臭さが露呈してしまう。それを踏まえて読むと「きのう家。」の凄さが伝わるかと思う。「昨日は家で」「昨日の家は」「昨日家族が」のどれでもあり、これらすべてを混合した表現だと思うが、助詞を使わ

ず句点と行替えで処理している。これは発明だ。短歌でいう「口語」とは、一般的に、古文で習うような助詞助動詞を使っていないことを指す。しかし短歌の「口語」表現は必ずしも＝「日常会話」的表現になっているかといえばそうでもない。今橋の「きのう家。」は短歌における「口語」表現の可能性を拡張したといっていいだろう。

胃からりんご。
りんごの形のままでそう。
肩はずれそう
この目。とれそう

体調不良を訴えていると考えられる短歌だが、「胃からりんご。」は「きのう家。」をさらに発展させたバージョンだ。「胃からりんご。／りんごの形のままでそう。／肩はずれそう／この目。とれそう」は本当に「口語」＝実際に話していてもおかしくない台詞のように思える。こういった表現をひとりよがりのおしゃべりと批判する言葉がまったく間違っているとまではいわないが（＝Twitter的？）、その批判を裏返してしまうと文語的表現の多くは自分のバックの景色を仰々しく選んだ自撮りと丹念に選んだ言葉を並べたひとり芝居（＝Instagram的？）ともいえてしまう。なんにせよ、現時点で極限まで口語

表現を押し進めている歌人であることは間違いない。この文体が吾子歌とマッチングした奇跡の歌集『としごのおやこ』も併読されたし。

そこにいるときすこしさみしそうなとき
めをつむる。あまい。そこにいたとき

わかるとこに
かぎおいといて
　ゆめですか

わたしはわたし
あなたのものだ

そのくちはなみだとどくをすいこんでそれでもかしこい金魚でしょうか
たばこ、ひるね、おふろ、カステラ、闇、じっとしていられない、たばこ、たばこ

もちあげたりもどされたりするふとももがみえる
せんぷうき
強でまわってる

「水菜買いにきた」
三時間高速をとばしてこのへやに
みずな
かいに。

手でぴゃっぴゃっ
たましいに水かけてやって
「すずしい」とこえ出させてやりたい

としとってぼくがおほねになったとき
しゃらしゃらいわせる
ひとは　いる　か　な

なきながらいきます
信号やらいとが
ときどきくらげのようにみえます

おとといは
ばあちゃんちの台所で
あのひとが
いなりずしつくる
ゆめをみた

『uta 0001.txt』

中澤系

御辞儀をしたよそのシステムに

なかざわ・けい　一九七〇年、神奈川県生まれ。「未来」短歌会。「Uta0001.txt」二十首で未来賞を受賞。歌集『uta 0001.txt』は「未来」短歌会の有志により出版された後、二度復刊された。二〇〇九年逝去。

手の中にリアルが？　缶を開けるまで想像してた姿と同じ

ぼくたちは永遠に存在を追い越すことができない、それだけだ

あきらめることだねきみのまわりには秩序が透き間なく繁茂した

中澤系の歌集は九〇年代からゼロ年代にかけて世紀末の絶望と虚無と無力感であふれている。缶を開けて中身を見なくとも中に何があるかはいつでもわかりきっている、それは現実ではあるのだが、その現実＝リアルにどうしてもリアリティを感じることができないというもどかしさ。缶の中身にかぎらず、この世界のなにもかもが同じだ。まわりはそんな制御されきった「リアル」が「秩序」として繁茂しており息が詰まる。このうすっぺらな現実のなかに置かれた自分自身が確固とした「存在」になることなど考えられない。何者になることもできない、どこか他の世界を夢見ることもできない、未来

を信じることもできない、自分自身も代替がきく「n」でしかありえない。もっともこの時代を体現した歌集であった。デジタル感覚の虚しさは歌集タイトル＝『uta 0001.txt』にはっきりと表明されている。

終わりなき日々を気取るも日常は「ロウ」と「スマックダウン」の間
終わらない日常という先端を丸めた鉄条網の真中で

どちらの歌も社会学者・宮台真司の著作『終わりなき日常を生きろ――オウム完全克服マニュアル』への小声の反論だろう。二〇一五年に歌集が復刊されたとき、宮台は特別寄稿をよせた。

> 『終わりなき日常を生きろ』を書いた九五年。僕は女子高生がタムロするデートクラブの待機場や予備校生が一人で来て踊るクラブに、息を継げない家・学校・地域とは違った都会を歩く人さえ知らないアジールを見出し、いわば余裕綽々で「第四空間」と名付けた。生活世界（家・地域）でもシステム（学校・社会・都会）でもない時空。それを作り出してまったりしよう。それを「まったり革命」と呼んで賞揚した。それが「終わりなき日常を生きろ」という命令形の意味だった。終わりなき日常は鉄条網の檻ではなかった。

だから、〇一年に中澤系が「終わらない日常」の言葉を使ったとき、九五年から一年間

だけ語った僕の「終わらない日常」という言葉から、意味が変質していた。終わりなき日々を気取るも「ロウ」と「スマックダウン」の間、になるしかなくなっていた。

さようならことばたち対応項を失った空集合たちよ
完全なことばを生もう永遠にことばを使わなくて済むような
述べられていないものには意味がない沈黙の向こうにはなにもない

「対応項をうしなった空集合」＝氾濫する虚しいシミュラークルに取り憑かれた「ことば」を使ってものを言うことも、歌をつくることも徒労にすぎない。ならば「ことば」と決別すべきなのだろうが、そうではない「完全なことば」を求めたり、ウィトゲンシュタイン（「語り得ぬものについては沈黙しなければならない」）に反論してみたり、どうにも悪足掻きをやめられない。中澤の歌の言葉は直接的すぎておもしろみに欠けるという批判もあるが、それは中澤があふれるカラフルな比喩やニューウェーブ短歌の言語遊戯をもはや信じられず、まずしさを知りながらも「終わらない日常」の言葉を選択することを自分に課したからだろう（この課題は、枡野浩一の「かんたん短歌」的言葉遣いの問題系と絡みあいながら、ゼロ年代に、永井祐、仲田有里、斉藤斎藤、宇都宮敦らに発展したすがたをみることができる）。

出口なし　それに気づける才能と気づかずにいる才能をくれ

「気づかずにいる才能」（つまり「終わりなき日常」に安住できる凡庸さ）を求める一方、「気づける才能」＝「終わりなき日常」概念を乗り越えようとする意志の相克が中澤の歌を形づくっていた。「気づける才能」を摑みかけながらも、中澤は副腎白質ジストロフィーという難病に倒れ、自分の意志を表示することすら困難な状態に陥り、闘病の末、二〇〇九年に逝去した。『uta 0001.txt』一冊が残った。中澤の時代との格闘が真空パックのように保存されている。

3番線快速電車が通過します理解できない人は下がって

かみくだくこと解釈はゆっくりと唾液まみれにされていくんだ

加速してゆく感触のない量の記憶地平をかすめていった

駅前でティッシュを配る人にまた御辞儀をしたよそのシステムに

ひたすらに南京豆を剝いていたせんごはとおいせんごはとおい

プラスチックの溶けた滴をしたたらせひとりひとりのキューピーの死よ

数として生まれ割られる分母より細きラインで隔てられたまま

出口なし　それに気づける才能と気づかずにいる才能をくれ

そのツリー、100円ショップでかったでしょ　Ok, it's the stylish century

さようならことばたち対応項を失った空集合たちよ

『やさしい鮫』

松村正直

風景は使い込まれて美しくなる

まつむら・まさなお　一九七〇年、東京都生まれ。「フリーター的」で角川短歌賞次席。評論集『短歌は記憶する』で日本歌人クラブ評論賞受賞、歌集『午前3時を過ぎて』で佐藤佐太郎短歌賞受賞。

『やさしい鮫』は松村正直の第二歌集である。

第一歌集『駅へ』は、第四十五回角川短歌賞次席となった「フリーター的」が収録されている、「フリーター的」歌集である。二十代、松村があえてフリーターとして地方都市を転々とすることを選んだ暮らしを描いた歌集だった。

忘れ物しても取りには戻らない言い残した言葉も言いに行かない　『駅へ』

遠き日の三つの誓い「結婚しない・就職しない・定住しない」　（同）

この誓いを破り、作者が結婚するところで第一歌集は終わる。『やさしい鮫』はその続編と呼んで構わないだろう。京都に五年住み、息子が四歳となったときに上梓された歌集である。

あなたとは遠くの場所を指す言葉ゆうぐれ赤い鳥居を渡る　『駅へ』

反り深き橋のゆうぐれ風景は使い込まれて美しくなる　『やさしい鮫』

一首目が『駅へ』に収録された歌、二首目が『やさしい鮫』に収録された歌である。歌に生活実感の変化を読みとることができるだろう。「あなたとは遠くの場所を指す言葉」でもあるが近しい相手を呼ぶ言葉でもある、その距離感を美しく歌っていたころから、人とともに住み、住み慣れ、見慣れた風景の再発見を美しく読むことへの変化（＝「風景は使い込まれて美しくなる」）。

結婚し、子供が生まれ、京都に定住し、さらに言うなら歌人としてはそれなしでは成立しない第一歌集出版もクリアし、文語が導入された文体は深みを増している――つまり安定していると考えるのが自然だし、もちろんその良さもあるのだが……しかし一方で、むしろ『駅へ』より『やさしい鮫』のほうが揺れ動いている歌集であるということも可能だと思う。

子の通う保育所の近く碑のありて明智光秀の討たれしところ

この歌集は吾子歌の歌集であり、戦争歌集である。

二十年後も戦争はあるだろう竿竹売りは竿竹を売り

次第に育ちゆく子と、過去の、現在の、そして未来の戦争がはっきりと作者のなかで結びついているのかはわからない。けれど交互に歌われる吾子と戦争は、他の歌までも揺らがせて読者を深みへと誘惑するようだ。

「やさしい鮫」と「こわい鮫」とに区別して子の言うやさしい鮫とはイルカ

両腕にかき抱くときぽっつりと遠くの町の戦争を言う

第二歌集のタイトルには「やさしい鮫」が採用されているが、「やさしい鮫」の存在の裏には「こわい鮫」がいる。両腕のなかに愛しい存在を抱えようともそのなかには戦争がある。

待ち合わせ場所へと向かう黄昏のこんな所にある本能寺

死に場所のなお決まらざる蟬ありて差し出せばわが指につかまる

肉体の放浪より、心の放浪のほうがどこかあぶない。そんなことを思わせる繊細さのある歌集である。

風呂場から聞こえる軽い歌声のあなたはやがて母となるひと

壇上の議論のついに嚙み合わず疎林のごとくエヴィアンの立つ

力まかせに布団をたたく音がする、いや布団ではないかもしれぬ

投下する者の瞳に輝きて美しかりけん広島の川

感情を先にあらわにせしわれの背後に白き海は広がる

遠山につづく山火事　少年と少女はあわく息を重ねる

「やさしい鮫」と「こわい鮫」とに区別して子の言うやさしい鮫とはイルカ

名を言えと言われひとりの名を挙げしことあり胸にこびりつきたる

反り深き橋のゆうぐれ風景は使い込まれて美しくなる

声だけでいいからパパも遊ぼうと背中にかるく触れて子が言う

『竹とヴィーナス』

大滝和子

東へしずむまぶしき馬よ

おおたき・かずこ　一九五八年、神奈川県生まれ。「未来」短歌会。「白球の叙事詩《エピック》」で短歌研究新人賞受賞、第一歌集『銀河を産んだように』で現代歌人協会賞受賞。『人類のヴァイオリン』で河野愛子賞受賞。

サンダルの青踏みしめて立つわたし銀河を産んだように涼しい
『銀河を産んだように』

フルートの音《ね》にかぎりなく許されて咲きはじめゆく唇ひとつ
（同）

大滝和子の第一歌集『銀河を産んだように』の解説を書いたのは、彼女が師事している岡井隆であった。岡井は大滝が参加した一九八七年（大滝が個人の第一歌集を出版する七年前）の合同歌集『保弓留海豚《ホテル・ドルフィン》』の解説の引用からはじめている。

おどろくやうなことを不意に言ひ出すのだ。こちらがびつくりしてゐると微笑んでゐる。どの一首をとつてもその中に小さな発見が、そつと押し込められてゐる。かういふ人を、あの猥雑な歌壇といふ所へ出したくない。自分たち仲間だけの宝にしておきたい。さういふ気にさせる歌が、あとからあとから、出てくる。

「自分たち仲間だけ」というのは、岡井が主宰をつとめ大滝が所属している結社「未来」のことだろう。たいへんな溺愛ぶりである。『銀河を産んだように』は現代歌人協会賞を受賞し、二〇〇〇年に刊行された第二歌集『人類のヴァイオリン』は中堅女性歌人を対象とする河野愛子賞を受賞した。猥雑な（？）歌壇でも大滝の評価は揺るぎのないものとなった。

収穫祭　稜線ちかく降りたちてbetweenやupやawayを摘めり

『銀河を産んだように』

果実や野菜や木の実のように「between」や「up」や「away」が摘まれる。「稜線ちかく降りたちて」とはまるで主体はギリシャ神話の神々のようだ（「めざめれば又もや大滝和子にてハーブの鉢に水ふかくやる」はこれを逆ベクトルから詠んだ歌ではないだろうか）。「収穫祭」という状況が初句で提示されたときにはとても想像がつかない。奇想を詠むにも大滝の詠みぶりには読者を驚かせてやろうという色気がない。さも皆知っていて当然の事柄であるというような語り口だからこそ読者はより唖然としてしまうのだ。

『銀河を産んだように』『人類のヴァイオリン』は、しいて弱点を挙げるならば歌柄が大きすぎてやや単調なところがある、この次にやってくるのが第三歌集『竹とヴィーナス』である。『竹とヴィーナス』は「竹」＝「日本」＝「東」と、「ヴィーナス」＝「西欧」＝

「西」が共存している。横への広がりが感じられるのだ。

東京とパリに同時に立つごとき感覚、春の階のぼりゆく

このような歌にはその共存がはっきりと読みこめる。また、大滝はあとがきで、「私の心のなかにおいて、「東」が「西」に語りかけることが多くなったと感じています」とも書いている。これまでの大滝の名歌や秀歌には「西」をモチーフにしたものが多かった。しかしながら『竹とヴィーナス』では、

友情の西からのぼり恋人の東へしずむまぶしき馬よ

「西」と「東」を鮮やかに繋いださらなる大滝和子の進化を告げる名歌が誕生している。太陽は、朝に東からのぼり夕方に西へと沈む。では西からのぼり東へしずむ「まぶしき馬」とは何だろう。朝ではなく友情、夕方ではなく恋人。そしてその循環はこの世と逆の摂理で動いている。友人から恋人へ、ではなく、恋人から友人へ。たとえばそれは失恋と形而下的に解釈することもできるかもしれないし、あるいは現世を超越した（＝西へと沈むことのない）「恋人の東」への更なる深みを指しているのかもしれない。いずれにせよ、残るのは「まぶしき馬」の光芒だ。

おそろしき桜なるかな鉄幹と晶子むすばれざりしごとくに

与謝野鉄幹と与謝野晶子が結ばれなかったら、名作『みだれ髪』はこの世に生まれなかっただろう。ならば『みだれ髪』におさめられた晶子の数々の桜の名歌もこの世には存在していない。そのときの桜はおそらく今現在の桜とは別のすがたをしているだろう。それは「おそろしい」かもしれないが、とてつもなく美しいのかもしれない。

腕時計のなかに銀の直角がきえてはうまれうまれてはきゆ
友情の西からのぼり恋人の東へしずむまぶしき馬よ
冥王星《プルートウ》と海王星《ネプチューン》の内外《うちそと》の位置変わる日に売られいるパン
断崖の異名を春と云いしかばさやぎはじめるファミリートゥリー
客観と主観影踏み遊びするたがいのオーラ枯野にて見き
躰とは脈うつ大陸それぞれの孤独な奴婢に統べられながら
おそろしき桜なるかな鉄幹と晶子むすばれざりしごとくに
転向者の瞳のようなドロップが路傍にころがりながら早春
東京とパリに同時に立つごとき感覚、春の階のぼりゆく
海《わたつみ》へ指輪はめむとするごとくさみしきことを君もなしいる

『乱反射』

小島なお

牛乳のあふれるような春の日に

こじま・なお　一九八六年、東京都生まれ。高校在学中から日経歌壇に投稿をはじめる。「乱反射」五十首で角川短歌賞受賞（最年少タイ記録）。歌集『乱反射』は現代短歌新人賞を受賞した。ＮＨＫ短歌の選者など。

噴水に乱反射する光あり性愛をまだ知らないわたし

この表題作を含む「乱反射」で第五十回角川短歌賞を受賞したとき小島は十八歳だった。小島なおが短歌をつくるきっかけとなったのは、歌人の母親・小島ゆかりが機械が苦手で、母のかわりに短歌の授業のプリントを作成するのを手伝ったときに短歌のおもしろさに気付いたことからだったという。母の小島ゆかりと同じ「コスモス」に所属している高野公彦の新聞選歌欄に投稿をはじめ、本格的に作歌をはじめ半年たらずでデビューした。

親や祖父祖母が歌人であったり、有名歌人一家に生まれた歌人のアドバンテージは間違いなくあると思う。生まれたときから歌集歌書がまわりにあったり、歌人が出入りするような環境に生まれつく現代日本人はそう多くない、作歌するしないにかかわらず、その空気を吸って育つというのは稀有な経験だろう。しかしその一方、幼少時から被写

体として描かれつづけたり、二世歌人として色眼鏡で見られるという苦しみも当然あるだろう。花山多佳子の娘である花山周子や、「心の花」を主宰する佐佐木一家に生まれた佐佐木頼綱、定綱兄弟など、似た境遇の歌人たちの労苦もしのばれる。小島なおは「中途半端な気持ちで私の世界に入ってほしくない」と言われたのがこれまでの母親の言葉のなかでいちばんショックだったと話している。

しかも小島は十代デビューで、持ち上げられる一方、嫉妬や風当たりも強かっただろう。『乱反射』は十七歳から二十歳までの作品を集めた歌集で、のちに桐谷美玲主演で映画化もされた。

牛乳のあふれるような春の日に天に吸われる桜のおしべ
中間試験の自習時間の窓の外流れる雲あり流れぬ雲あり
かたつむりとつぶやくときのやさしさは腋下にかすか汗滲《し》むごとし

十七歳にして「流れる雲あり流れぬ雲あり」など標準的な短歌のテクニックを楽々と身につけていることがわかるし、「天に吸われる」の比喩的な描写力、「かたつむりとつぶやくときのやさしさ」の感覚の鋭敏さはまぎれもない。

しかし小島なおの一番の美質は、ふてぶてしいまでの素直さだと思う。十代にありが

ちな特有の青臭さや葛藤がなく、皆が夢見る十代女子のすがたをそのまま本人がすんなりと描出したところに逆説的な新しさがあった。

こころとは脳の内部にあるという倫理の先生の目の奥の空
階段をのぼると見える地平線一つの線で分けられる青

こんなに嫌みなく青春のきらめきを歌えるのはやはり才能である。ひねたりグレたり斜にかまえず衒学的な背伸びをしないままこの歳で表現することを選び、それが表現として成功している人というのはめずらしい。「等身大の十代」を体現するつよさを持った歌集である。

二〇一一年に出版された第二歌集『サリンジャーは死んでしまった』ではとくだん作風に大きな変化は見られないが、二〇二〇年、第三歌集『展開図』では表現にぐっと深みが増した。おなじく素直な青春の美しさを読者に届けてくれた歌人といえば永田紅が思い浮かぶが、『日輪』『北部キャンパスの日々』『ぼんやりしているうちに』を経て『春の顕微鏡』でぐっと歌の手触りが変わった、なにかそれに近いものを感じさせられた（付け加えるならば永田紅も、永田和宏・河野裕子の娘である）。

手のひらに日毎に滲《し》みて石鹸はひと冬かけて私のなかへ

『展開図』

ソフトクリーム舐めてあかるむ喉をいま古い涙のようなもの落つ（同）

一首一首のなかの時間、醸成される感覚がたっぷりとしたものになっているのがわかる。俗な言葉を使うなら、大人の余裕、といったところだろうか。小島の新境地であるといって間違いはないだろう。

牛乳のあふれるような春の日に天に吸われる桜のおしべ
噴水に乱反射する光あり性愛をまだ知らないわたし
もう二度とこんなに多くのダンボールを切ることはない最後の文化祭
水菜食みさらさらとわれは昇りゆく美しすぎる寒の銀河へ
隣家の犬にも春は訪れて鼻の頭がつやつやとする
おはじきをなめる子供は無表情　硝子の味はすごくさびしい
日記には本当のことは書けなくて海の底までわが影落とす
冬に観る春の映画は入浴剤入れたお風呂のけだるいやさしさ
ひとりみた夕焼けきれいすぎたから今日はメールを見ないで眠る
夕映えの部屋でしずかに燃えている母の小さき老眼鏡は

『あのにむ』

川崎あんな

ふたつのみやこのあはひ

川崎あんなの歌集は、歌集にはたいへんめずらしいことに帯も栞もなく、あとがきも著者略歴も記されていない。『あのにむ』は真っ白な本である。また「あのにむ」とは＝anonym＝「匿名」の意である。近代短歌は〈私性〉＝作者の存在のあり方から歌を読みといて味わえるようにつくられるのが基本姿勢だが、真っ向から対立する「詠み人しらず」の姿勢を鮮明に打ち出している。

案内にはさがみ川沿ひあつぎ基地ちかく前庭にあやめ咲く家

「あないには　さがみがわぞい　あつぎきち　ちかくまえにわに　あやめさくいえ」——平仮名にひらくとやや伝わりやすくなるだろうか、さらに母音に分解すると、こうなる——「aaiia aaiaaoi auiii iauaeiai aaeauie」。この歌は「a」の音をうつくしく響かせる音をたのしむ歌なのである。

かわさき・あんな　第一歌集『あのにむ』のほか、『さらしなふみ』（二〇一〇年）、『エーテル』（二〇一二年）、『あんなろいど』（二〇一三年）、『ぴくにっく』（二〇一五年）、『EXIT』（二〇一七年）がある。

さやうならとさよならのあはひ、あをによしならのふたつのみやこのあはひ

「さやうなら」と「さよなら」の「あはひ」＝「間」にあるもの（ふたつを並べてみれば「う」の音が入る「さやうなら」のほうが音数が多く、長い。そして歴史的仮名遣いと現代仮名遣い）。ふたつの奈良の都とは、平城京と、――数年だけ存在した山背恭仁宮だろうか、それとも奈良時代末期の長岡京のことだろうか。たぶんそのどちらを想像してもよく、想像しなくてもよい、大事なのは「あはひ」＝「間」である。人が告げた「さよ（う）なら」の挨拶の音の響きにすこしだけ心を寄せればそれでいい。もちろん「さようなら」と「奈良」の音は重なっているし、「あをによし」と枕詞のついた「奈良」という語のはるか昔のイメージと「さようなら」と人が遠ざかっていくイメージもまた重ねあわされている。

じゅんぱくのシーツのうへに醱酵した麵麭生地のやうにおかれてあなた

硝子戸をすうつと抜けて知らぬまに向かう側にて雪なかに立つ

ふりやみしゆふぐれもなほしめりあるさくらの花のお骨をひろふ

なな粒のフリスクはふりこんでする緑薄荷のあはい航海

うすく意味を読みこみながらたのしめる歌もじつはたくさんある。寝そべった状態をパン生地に譬えていたり、外に出た記憶があまりないことを幽霊の感覚のように描きだしていたり、落ちた桜の花弁の色彩のなさを骨だという比喩が使われていたり、清涼剤をちょっとしたドラッグのように描写していたりする。ただしすべて均一に淡く、この茫洋とした気配が歌集全体のムードをつくりあげている。「じゆんぱくのシーツ」「雪」「骨」「フリスク」、白のイメージによって構成されている歌も多く、歌集の真っ白な装丁とも呼応しあっている。

ひとしづく秋の血は垂る秋の皿をきれいに漱ぐその水の音

音とイメージの調和が完璧である。秋といえば紅葉、秋の血も秋の皿もまた赤い色なのだろうか。赤で赤を漱いでいるのだろうか、それとも洗われる皿も血も異なる色（たとえば白?）なのだろうか（そういえば「血」と「皿」はかたちがそっくりである）、そのイメージの決着はつかないまま、やはり最後は「音」に着地する。とはいえ、皿を漱ぐのにたった「ひとしづく」とは。しかしそのたった「ひとしづく」の「音」を、その「匿

名」の声を、しずかに聴くことこそをこの歌集は要求しているのである。

首にあまるながき眞珠のネックレスしてゐるひとは波をよろこぶ
じゆんぱくのシーツのうへに醱酵した麵麭生地のやうにおかれてあなた
もうゆびはのがれられない千切るときなほかをりたつ黄菊にむせて
ひとしづく秋の血は垂る秋の皿をきれいに漱ぐその水の音
思ひのほか重きうさぎのなきがらはふかくしづみてゆきにき月下
さやうならとさよならのあはひ、あをによしならのふたつのみやこのあはひ
さすときはきつと甘やかにふるあめの雨傘を朝しのばせてゆく
しののめのゆめの中なる懺劇の家より出でて草生に居りき
こんなにもこんなにもふりつもりゆく雪の夜ぢきに餌食のうさぎ
みづいろの硝子洋杯《グラス》に呑む水のやうにうすめて午后をのみほす

『ざわめく卵』
吉野裕之

あなたはなつかしい声を

若者に「もしかして短歌っていま流行ってるのかな?」って聞いたら「流行ってますよ!最近のシティボーイはスパイスカレー作るか短歌作るかですよ」と断言された。まじか。

二〇二〇年七月に投稿されたこのツイートがバズった（投稿者は@tsutsui_ota）。現在、二八〇〇〇件のいいねが確認できる。もちろんバズることと現実は別の問題だが、このツイートがバズる「雰囲気」が二〇二〇年にあったことは確かだろう。二〇二〇年のシティボーイはスパイスカレーと短歌をつくっていたのかもしれない。

仮にシティボーイ短歌というものを考えてみた場合、源流のひとつとして考えられるのは吉野裕之だ。

他人《ひと》事《ごと》のような相づち打つなんてもう肉まんを分けてあげない

『空間和音』

よしの・ひろゆき　一九六一年、神奈川県生まれ。加藤克巳に師事、光栄堯夫に兄事。「個性」および「桜狩」で活動。短歌のほか、俳句の創作、まちづくりの実務や研究にたずさわる。同人誌も刊行している。

ユトリロの緑と白にあこがれて今朝のネクタイこれに決めたり（同）

この頃や夢精のなきをかなしみてセブン・イレブンに立ち読みをする（同）

一九九一年に第一歌集『空間和音』が上梓されると賛否両論が巻き起こった。みずから否の代表格だと名のる藤原龍一郎は、「短歌の言葉に対する葛藤のなさへの不満」を否定論の根幹に据えた。韻律の緊張感と戦後派としての自意識が緻密に絡みあった歌をつくった塚本邦雄をリスペクトする藤原らしい意見であると思う。

あれから、十七年経った現在でも、私のこのような思いは変わるものではない。私にとって、不覚があるとすれば、他愛ない連想やリスペクト抜きのパロディ指向といった児戯的な歌が、その後、あっという間に猖獗をきわめ、短歌の世界をおおってしまうという悲観的な未来に思いが及ばなかったということである。

（藤原龍一郎「静謐な思考の流れを」）

そう、実際にはこのあと、シティボーイ短歌は流行したのである。シティボーイにとって「短歌の言葉に対する葛藤」という泥臭いものなどダサいのかもしれない、あるいは。

「現代と都市とぼくと」というフレーズにおける三つの「と」の意味を知りたい――それが

作歌の動機だろうか。『空間和音』の「あとがき」にこう記してから十六年が経った。遠い昔のような、そんな気もする。けれども、若さの勢いが選んだこのフレーズに込めた思いは、いまも変わっていないように思う。

現代の都市で生活するひとりの主体。「ぼく」とは、たぶんこうしたささやかな存在。しかし、なかなかやっかいな存在だとも思う。なぜなら、「ぼく」という主体は、必ずしもある特定の身体によって定められる存在ではないのだから。そう、「ぼく」とは、つまり世界の別名なのだから。

第二歌集『ざわめく卵』においても、吉野はこう宣言している。そして吉野の主題は二〇二一年、さらにアクチュアルな存在感を増してきているのかもしれない。「現代」—「都市」—「ぼく」を繋ぐのは「と」——この三点の「間」を詠むことこそがシティボーイの宿命なのである。

たとえばひとこと置いてはじめたり悪意に満ちたことばと思う

この文脈において吉野裕之はあきらかにこれまで過小評価されてきたように思う。エコールに属していなかったり、大結社に属していなかったりすると、言及される機会が少なくなるというのはいまだに歌壇の弱いところである。吉野裕之とおなじ「桜狩」に属していた大橋弘の歌も現代的な文脈で再読されるべきと思う。

遮断機があがりきるまで動かないぼくは断然菜の花だから

大橋弘

蛍ってにおわないんだ舌先をきみの脇へとすべらせながら

（同）

躓きの、もしくは風のように来てあなたはなつかしい声を出す
風景がこらえきれなくなっている一瞬は来てくずれてゆけり
熟れてゆくことばと思うあなたから少し離れてしばらく歩む
遠景に雪固まっているようなかなしみがある腹のあたりに
渚とは妻との間《あい》にあるようなないような夏草が匂える
蜜蜂のかたえに揺れるきみたちの思想は山のようにやさしい
心配な四月がそっとやってくるあなたの襟で魚が揺れる
感情の起伏といえばやわらかな響きだけれど桜のようだ
ひぐらしという四音を大切に帰ってきたと妻はいいたり
増えてゆく味方の数と敵の数梅の実ほどの違いとおもう

『ざわめく卵』　吉野裕之

『ひとさらい』
笹井宏之

星が甘いのを知っている

ささい・ひろゆき　一九八二年、佐賀県生まれ。二〇〇五年、「数えてゆけば会えます」で第四回歌葉新人賞受賞。二〇〇七年、「未来」短歌会に入会し加藤治郎に師事。同年、未来賞受賞。二〇〇九年逝去。

二十日まえ茜野原を吹いていた風の兄さん　風の母さん

両親が出会ったという群青の平均台でおやすみなさい

笹井宏之の歌は、東直子の口語のやわらかさと、穂村弘の修辞のハイブリッドだ。突飛な発想にもかかわらず読者の胸にしっかりと浸透していく。ゼロ年代短歌シーンのひとつの集大成を見せてくれた歌人だった。インターネット出身の歌人が敬遠されがちだった時期に例外的に歌壇からも評価され、きたるべきテン年代での活躍が期待されていたが、『ひとさらい』を刊行した一年後、二〇〇九年、二十六歳で夭折した。

穂村弘、加藤治郎、荻原裕幸の選考する第四回歌葉新人賞を受賞し、副賞として歌集の出版権を得た。笹井は二〇〇四年から作歌をはじめ、『ひとさらい』は二〇〇五年三月から二〇〇六年四月までの一年二か月のあいだの作品を集めたものだというのも驚きだ。歌人は短歌をはじめて、五、六年から十年くらいで第一歌集を出すケースが多く、

最初の数年あたりの作品は習作として歌集から落とすことも多い。平凡な歌人なら習作期としてほとんど残すことのない時期の作品で、笹井はゼロ年代短歌のマイルストーンとなる歌集をつくってしまったのだ。

この森で軍手を売って暮らしたい　まちがえて図書館を建てたい

ねむらないただ一本の樹となってあなたのワンピースに実を落とす

笹井の歌は、世界と愛し合っており、調和している。笹井の「わたし」は「ねむらないただ一本の樹」となることに何の躊躇いもない。文学における近代的自我の短歌的特化版である〈私性〉の問題を軽々とスルーした達成である。『ひとさらい』という言葉からはさまざまなニュアンスを読みとることができるだろうが、かけがえのないものが一瞬で失われる悲しみ、そしてその悲しみを受け入れる仕方のなさを愛するような価値観が見えるように思う。「まちがえて図書館を建てたい」の「まちがえて」とは、その儚い偶然性への祝福のようだ。そして笹井宏之という「図書館」は現実のものとなった。『ひとさらい』はBookParkから出版されたが、出版オンデマンドサービスのため歌集が店頭に並ばず問い合わせを受けることが増え、二〇一一年に福岡の出版社、書肆侃侃房からあたらしく刊行された。この同年同日（笹井の命日）、一月二十四日に笹井の第二歌集『てんとろり』もまた書肆侃侃房から刊行された。そして書肆侃侃房は二〇一三年か

ら、新鋭短歌シリーズと銘打って有望な若手歌人の歌集叢書の刊行を開始した。二〇二〇年現在、四十八冊が刊行済、さらに第五期十二人の刊行が予定されている。

さらに、副賞を歌集出版権とした笹井宏之賞が二〇一八年に設立され（選考委員は、大森静佳、染野太朗、永井祐、野口あや子、そして各年に他ジャンルからゲスト一名）第三回まで続いているし、笹井の短歌から題をとった短歌ムック『ねむらない樹』も発行されつづけている。ゼロ年代の短歌シーンにおける、歌葉新人賞、「短歌ヴァーサス」の遺伝子がここに移行したように見える。笹井宏之という存在自体が以後の短歌シーンの象徴となったのだった。

ひらかれてゆくてのひらを鳥が舞いみえかくれする島のきりぎし　『てんとろり』

結社「未来」の加藤治郎選歌欄「彗星集」に参加してからの歌が多く含まれた第二歌集『てんとろり』は、発想や比喩の爆発力は『ひとさらい』に劣るかもしれないが、笹井の美質である震えるような繊細さや極度の透明感はむしろよく見えるようになっており、あらためて惜しまれる。「彗星集」のメンバーが中心となってつくられていた同人誌「新彗星」は創刊号（二〇〇八年五月）にて「『ひとさらい』を批評する」を組み、第二号（二〇〇八年十一月）で「穂村弘と語る『ひとさらい』と現代短歌」として加藤と穂村の対談を掲載したが、第三号（二〇〇九年五月）は笹井宏之追悼号となった。（本人が望んだわけもないが）本当にまるで「彗星」のようだった。

きれいごとのはんぶんくらいが
そっくりそのまま
しんじつであるといい

このフレーズが掲載された二〇〇九年一月「●謹賀新年●」という記事が、笹井のblog「【些細】」の（本人の手による）最終更新となった（現在でもこのblogは閲覧可能）。「きれいごと（のはんぶんくらい）」を「しんじつ」のように歌える歌人は、もうほとんどいない。

「はなびら」と点字をなぞる　ああ、これは桜の可能性が大きい
星が甘いのを知っている私たちの頭上で出産しはじめる獅子
この森で軍手を売って暮らしたい　まちがえて図書館を建てたい
水田を歩む　クリアファイルから散った真冬の譜面を追って
それは世界中のデッキチェアがたたまれてしまうほどのあかるさでした
天井と私のあいだを一本の各駅停車が往復する夜
両親が出会ったという群青の平均台でおやすみなさい
一生に一度ひらくという窓のむこう　あなたは靴をそろえる
ねむらないただ一本の樹となってあなたのワンピースに実を落とす
晩年のあなたに窓をとりつけて日が暮れるまで磨いていたい

コラム

第一歌集

歌集とは何か。詩をまとめた本を「詩集」と呼ぶことはよく知られているが、短歌をまとめた本を「歌集」と呼ぶことを知っている人は少ない。なので、そもそも「歌集」とは外部では通じない専門用語であるともいえる。外部にひらいて説明するときに歌集を「短歌集」「短歌の本」と表現することも多い。歌集とは歌人が制作した短歌をまとめて世間に送り出す形式である。しかし、そのハードルは高い。

本屋さんに並んでいる歌集のほとんどが自費出版だ。穂村弘さんが『短歌という爆弾』のなかで書かれているように、歌集を出版するためには著者負担として１００万円、もしくはそれ以上のお金がかかる。僕の場合も、第一歌集だけは書籍の著者買取分、監修費用を含め70万円ほど支払って出版した。穂村さんの時代よりは若干ましにはなったものの、当時の僕にはそんな大金を支払う財力もなく、頭を下げて父親にお金を借りた。70万円の借金をして自分の短歌を本にする意味ってあるんだろうか、と悩みはしたが、いまとなっては出版してよかったと思う。短歌は

インターネットに浮かぶ断片としてではなく、本になってようやく届く層がある。ものとして本屋にあるというのは強い。インターネットは基本的に自分の嗜好性の方向にしか掘っていけないから出会えない層が必ずいる。けれど本屋に歌集が置かれれば、好むと好まざるとにかかわらず目にふれ、手に取ってもらえる。数十年後も知らないだれかに読んでもらえる可能性がある。

現在もっとも売れっ子のひとりである木下龍也の言葉だからなおさら重い（『天才による凡人のための短歌教室』ナナロク社より引用）。第一歌集を出しているか出していないか（もしくは出せるか出せないか）で正直なところその後歌人としての道ははっきり分かれる。第一歌集を出していなければ歌人と認められないことも多い。それが才能ではなく経済力によって決まる側面が大きいのだから理不尽だといえば理不尽だ。とはいえ、音楽の道に進もうと美術の道に進もうとお金は当たり前にかかるのだから、芸術一般には共通の問題であるかもしれない。

とはいえ、木下も引用箇所の後で触れているが、私家版で第一歌集を出版する歌人もいる（この本では残念ながら取り上げることはできなかったが）。私家版というのは出版社を通さずに制作した歌集のことで、かなり費用は抑えられる（費用は装丁に左右されるがコピー用紙にホッチキス留めでも歌集といえば歌集である）。わたし自身、第一歌集は私家版で出版した（そしてラッキーなことにその歌集がそれなりに話題になった結果、第二歌集はお金を払わずに出版社から出してもらうことができた）。

また、文学フリマの短歌ブースの盛況とともに私家版での歌集制作もかなり増えている印象だ。谷じゃこ『ヒット・エンド・パレード』、穂崎円『ヴァーチャル・リアリティー・ボックス』、三田三郎『もうちょっと生きる』、井戸川射子『集合として』など。『ベランダでオセロ』は御殿山みなみ、佐伯紺、橋爪志保、水沼朔太郎による合同歌集だ。ナイス害『フラッシュバックに勝つる』は批評会も開かれた。我妻俊樹『足の踏み場、象の墓場』は同人誌「率」の十号として出版された。いぬのせなか座叢書として刊行された吉田恭大『光と私語』は山本浩貴＋hの手による非常に洗練されたデザインである。さまざまな試みが見られるようになってきた。

あるいは、第一歌集（に限らず歌集全般にいえることだが）は数年すると品切れになり、そう簡単に読むことができなくなることも多い。木下こう『体温と雨』は砂子屋書房から刊行された後すぐに入手困難となっていたが、牛隆佑の手によって二〇一九年、私家版として再出発した。今橋愛『O脚の膝』は国会図書館にも収蔵されておらず長らくアクセスが難しかったが現在はKindle版で読むことができる。

短歌は、新人賞を受賞しても版元から第一歌集を無料で出版してもらえるわけではない。小説とはちがう。――しかしここしばらく状況が変わってきた。小説の新人賞を受賞しても版元から本を出版してもらえない作家がいる一方、新人賞を受賞すると副賞で歌集を出版できる短歌の新人賞が増えてきたのだ。具体的にいうと、現代短歌社の現代短歌社賞、書肆侃侃房の笹井宏之賞、第一歌集刊行を目的としたナナロク社のあたらしい歌集選考会もある。チャンスだ。

とはいえ、これまでもときどき歌集出版権のある賞は開催されてきた。林あまりと藤原龍一郎が審査員をつとめた、新風舎のフーコー短歌賞は七回開催され、もりまりこ『ゼロ・ゼロ・ゼロ』、向井ちはる『OVERDRIVE』などを世に送り出した。歌葉新人賞は、荻原裕幸、加藤治郎、穂村弘が選考委員を努め、五回開催された。斉藤斎藤『渡辺のわたし』と笹井宏之『ひとさらい』というゼロ年代の傑作歌集はここから輩出されたのである。

『渡辺のわたし』も『ひとさらい』もオンデマンド出版サービス、BookParkから刊行された。このレーベルは飯田有子『林檎貫通式』、永井祐『日本の中でたのしく暮らす』、盛田志保子『木曜日』、兵庫ユカ『七月の心臓』、玲はる名『たった今覚えたものを』、松木秀『5メートルほどの果てしなさ』、ひぐらしひなつ『きりんのうた。』、田丸まひる『晴れのち神様』などゼロ年代の話題作が目白押しのラインナップだった（ただし現在サービスは終了している）。

テン年代からは書肆侃侃房から「新鋭短歌シリーズ」がスタートした。新人の第一歌集を後押しするレーベルだ（ただし審査がある）。木下龍也『つむじ風、ここにあります』、五島諭『緑の祠』、望月裕二郎『あそこ』、藤本玲未『オーロラのお針子』、岡野大嗣『サイレンと犀』、伊舎堂仁『トントングラム』、土岐友浩『Bootleg』、井上法子『永遠でないほうの火』、しんくわ『しんくわ』、初谷むい『花は泡、そこにいたって会いたいよ』、西村曜『コンビニに生まれかわってしまっても』など。

無粋な話になるかもしれないが、歌集はあったほうがいい、おそらく絶対に。

『薄い街』佐藤弓生

花器となる春昼後刻

佐藤弓生には現在のところ、『世界が海におおわれるまで』（二〇〇一年）、『眼鏡屋は夕ぐれのため』（二〇〇六年）、『薄い街』（二〇一〇年）、『モーヴ色のあめふる』（二〇一五年）と四冊の歌集があるが、一冊選べといわれれば『薄い街』を推す（佐藤は詩人でもあり、詩集も三冊ある）。

「幻視の女王」と呼ばれた葛原妙子の後継と見なすことのできそうな歌人は、巫女的な作風の水原紫苑を筆頭に幾人か思い浮かぶが、佐藤弓生もまたそのひとりに数えられるだろう。

透明な指たちにぎりあうまひる春の墓場の花のこみちに

黄金の五臓のごとくろうそくが燃えるここにも小さき母たち

幻は視るだけではなく、提示するならば、丹念な言葉の細工が必要だ。この二首は佐藤の歌のなかでももっとも美しい幻の彫刻だ。

さとう・ゆみお　一九六四年、石川県生まれ。「眼鏡屋は夕ぐれのため」で第四十七回角川短歌賞受賞。「かばん」会員。歌集『モーヴ色のあめふる』などのほかに、『月的現象』などの詩集があり、翻訳も手掛ける。

また、この歌集は巻頭に「少年ミドリと暗い夏の娘」という散文を収録している。二十四歳で夭逝した詩人・左川ちかをめぐる文章である。他にも、安西均、トム・ゴドウィン、澁澤龍彦、前川佐美雄、ジュール・シュペルヴィエル、稲垣足穂など佐藤が偏愛していると思しき作家たちがエピグラフで引用され、それに呼応するように歌を詠みかえしている、アリュージョンにあふれた歌集となっている。

なかでも、泉鏡花の作品タイトル『春昼後刻』を詠みこんだ、

花器となる春昼後刻　喉に挿すひとの器官を花と思えば

は見事な出来映えである。みずからの身体を花器に喩えた口淫の歌であろうが、男性器を花に喩えているところにクィアな感覚がある。

陰茎は祈れる姉のかたちして春のほとりにたたずみいたり

たましいに性器はなくて天国の子はもうどんな服でも似あう

男性器を「姉」に喩えている歌もあれば、性別二元論から逃れられるユートピアを夢想している歌もある。

「少年ミドリと暗い夏の娘」も、左川ちかの詩に登場する〈ミドリといふ名の少年〉に、

左川自身の苦しい生からの脱出という夢を託しているのではないかという文章だった。虫、焔、風、街、泉、陽炎、さまざまなかたちをとって緑という色で病気がちの左川を襲ってくる、その生命力をおそれ、彼女はそれを詩に書きつけつづけた。

朝のバルコンから　波のやうにおしよせ
そこらぢゆうあふれてしまふ
私は山のみちで溺れさうになり
息がつまつていく度もまへのめりになるのを支へる
視力のなかの街は夢がまはるやうに開いたり閉ぢたりする
それらをめぐつて彼らはおそろしい勢で崩れかかる
私は人に捨てられた

そのもの「緑」という題の左川ちかの詩を引用した。左川は天才的なモダニズム詩人であり、ヴァージニア・ウルフやジェイムズ・ジョイスの翻訳もおこなっている。現在でもたいへんコアな人気があり、詩集は古本市場で高額取引されている。詩から出発して小説家、文芸評論家となった伊藤整との関係も知られており、「私は人に捨てられた」に伊藤との文脈をみる解釈も多い。それはただしいのかもしれないが、一方で、「緑」というモチーフに翻弄されてきた左川にとっての〈ミドリといふ名の少年〉という存在の例外性に佐藤は着目する。

少年はおそらく〈私〉の少女期だけを連れ去った。〈私〉は残った。現実に病む娘は、現実の他人に見捨てられたこともあっただろう。だからこそ、少年は〈私〉の強い幻想でもあっただろう。年齢上、性別上なりかわることのできない存在の幻想。叶わない不死の幻想。

佐藤はこんなふうに書いているが、左川だけではなく、佐藤自身もまたみている夢のかたちなのだろう。さまざまな幻視者たちとともに夢を紡ぐ行為そのものが、佐藤弓生という歌人の営みなのである。

透明な指たちにぎりあうまひる春の墓場の花のこみちに
階段にうすくち醬油香る朝わたしがいなくなる未来から
ひとのためわが骨盤をひらくとき湖《うみ》の底なる浴槽はみゆ
花器となる春昼後刻　喉に挿すひとの器官を花と思えば
絶対に触れあわぬ恋人としてかがやきかわす海と蒲公英
うつくしい牛の眼をして運命がまだやわらかいぼくを見ていた
薔薇窓をそらに浮かべて聖堂のくらさいつまでこの阿呆船
黄金の五臓のごとくろうそくが燃えるここにも小さき母たち
秋来ぬと処女も非処女も食パンのましろにマーマレードをまぶす
夕空が胸に留めたる星としてイエス・キリスト、蜘蛛のごとしも

『鈴を産むひばり』

光森裕樹

狂はない時計を嵌めてゐる人

みつもり・ゆうき　一九七九年、兵庫県生まれ。「空の壁紙」で角川短歌賞受賞。二〇〇六年にWEBサイト「tankaful」を創設。第一歌集『鈴を産むひばり』で現代歌人協会賞受賞。

光森裕樹は、情報の整理整頓が巧い人だ。インターネット上で散逸しがちな短歌の情報をまとめて閲覧できるポータルサイト「tankaful」の運営。まめな人でもある。土岐友浩のWeb歌集「Blueberry Field」の前衛的なデザイン制作を担当したり、かと思えば齋藤茂吉、岡本かの子、北原白秋の歌集を青空文庫で読めるようにインフラ整備をしていたり。そして、第二歌集『うづまき管だより』を二〇一二年の時点でKindle版のみで発売していたりする。インターネットに強い。

そのこととイコールでは結べないにせよ、たぶん光森を、あるいは光森の歌をいわゆる「理系っぽい」と感じる読者は多いのではないのだろうか。文系／理系に分けて考えようとすると、光森裕樹は京都大学文学部出身である。「文系」ではないか。一方、ＩＴ企業の技術者として働き、航空券予約システムの開発に携わった経歴もある。「理系」……っぽい、のでは？

そもそも「理系」の歌人は意外といるものだ。まず齋藤茂吉は精神科医だった。前衛短歌の岡井隆も医学博士。西田幾多郎や九鬼周造など京都学派の錚々たるメンバーに当

時の物理学の最先端を教えてアインシュタイン来日時に通訳をした石原純は自由律短歌の理論的推進者である。日本人として初めてノーベル賞（物理学賞）を授賞した湯川秀樹が短歌を詠むのを好んでいたことは有名かもしれない。さらには細胞生物学の永田和宏、情報理工学の坂井修一、とじつはこのリストはつづいていく（このあたりに興味のある方は松村由利子『短歌を詠む科学者たち』『31文字のなかの科学』をおすすめする）。

俗にいう「理系っぽい」という表現は、「論理的（に見える）」ということをやわらかくいいかえているのだと思う。わたしが「理系っぽい」歌人としてまず思いつくのは香川ヒサ（第一歌集『テクネー』で現代歌人集会賞受賞）だ。

角砂糖ガラスの壜に詰めゆくにいかに詰めても隙間が残る　香川ヒサ

神はしも人を創りき神をしも創りしといふ人を創りき　（同）

人はしも神を創りき人をしも創りしといふ神を創りき　（同）

理屈、理屈、理屈のみで歌が構成されている。池田はるみ（「未来」選者）は「からりと乾いた認識に短歌の器を変えてしまった」と香川の歌のおもしろさを分析している。

抒情するばかりが短歌ではない。理知的な歌もまた、おもしろい。

柚子風呂の四辺をさやかにいろどりて湯は溢るれど柚子はあふれず

六面のうち三面を吾にみせバスは過ぎたり粉雪のなか

光森の言葉はとくに視覚的情報を過不足なく読者になるべく正確に伝えようとする厳密さを持っている。「湯は溢るれど柚子はあふれず」「六面のうち三面」などの描写が好例である。ただ光森の歌の良さは、この正確な言葉遣いをもって抒情もまた試みようとするところにある。

疑問符をはづせば答へになるやうな想ひを吹き込むしやぼんの玉に

どの虹にも第一発見した者がゐることそれが僕でないこと

火にかざすべくうらがへすてぶくろの内側となる冬のゆふやけ

歌われている内容はどれも強烈にロマンティックである。シャボン玉のなかの想い、虹の第一発見者、冬の夕焼け。きわめて詩的で、下手な手つきなら読んでいるこちらが恥ずかしくなりそうな危険なモチーフを、言葉遣いの甘さを徹底的に制御することで見事に仕上げる。厳密に抑制された言葉づかいと内に秘められたロマンがしずかに交錯す

るような読み心地である。そしてそんな歌集のなかにあるからこそ、ほんの数回だけ飛びだしてくる生《なま》な言葉の切実さが胸を打つ。

オリオンを繋げてみせる指先のくるしきまでに親友なりき

「くるしきまでに」に甘さを見ることを、作者は許してくれると思う。

鈴を産むひばりが逃げたとねえさんが云ふでもこれでいいよねと云ふ
花積めばはなのおもさにつと沈む小舟のゆくへは知らず思春期
手を添へてくれるあなたの目の前で世界をぼくは数へまちがふ
てのひらに受けとめるたび此の星と密度等しき林檎とおもふ
狂はない時計を嵌めてゐる人と二度逢ふ二度はすでに多きを
しろがねの洗眼蛇口を全開にして夏の空あらふ少年
ゼブラゾーンはさみて人は並べられ神がはじめる黄昏のチェス
だとしてもきみが五月と呼ぶものが果たしてぼくにあつたかどうか
六面のうち三面を吾にみせバスは過ぎたり粉雪のなか
ドアに鍵強くさしこむこの深さ人ならば死に至るふかさか

『パン屋のパンセ』

杉崎恒夫

たましいを掛けておく釘

すぎざき・つねお　一九一九年、静岡県生まれ。東京天文台勤務。「詩歌」に参加後「かばん」に加わる。二〇〇九年逝去。刊行準備中だった第一歌集『パン屋のパンセ』は井辻朱美、高柳蕗子らの尽力で出版された。

虹をたべるやさしいマナー七色をくずさぬようにナイフを入れる

一番はじめに出会ったひとが好きになるペコちゃんだってかまわないもん

かつて短歌の新人賞選考会について「性別当てゲーム」であると痛烈な批判がおこなわれたことがあった（服部恵典「『歌人』という男――新人賞選考座談会批判」「本郷短歌」三号）。新人賞選考の場では、応募者の名前はもちろん、性別、年齢が伏せられた状態で論議がすすめられる。しかし〈私性〉の文学である短歌は、どんな年齢のどんな人がどんな環境で生きているかわかるように書かれているものがほとんどだ。選考委員たちは性別や職業や年齢を推定し作者像を仮定しながら読みすすめ、判断をくだすことになる。

とはいえ、セクシズム、エイジズムであると批判されるにしても、引用した杉崎恒夫の歌を読んで、七十から八十歳代の男性の歌であるとぴたりと判じられる人はほとんどいないのではないのだろうか。

第一歌集『食卓の音楽』は一九八七年に発行され絶版になっていたが、第二歌集『パン屋のパンセ』が大評判になり二〇一一年に復刊されている。『食卓の音楽』は作者が六十歳代に制作された歌が収録されている。

ティ・カップに内接円をなすレモン占星術をかつて信ぜず　『食卓の音楽』

漆黒のさくらんぼ地にこぼれいてピアノぎらいの子供の音符　（同）

杉﨑恒夫は一九一九年生まれ。前衛短歌の塚本邦雄は一九二〇年生まれである。長崎で被爆した凄絶な経験を詠みつづけた竹山広も一九二〇年生まれである。短歌史にすでにずっしりと登録されているふたりよりも杉﨑が年上であったというのはやはり驚いてしまうところがある。『パン屋のパンセ』そして新装版『食卓の音楽』の巻末には（刊行時にはすでに杉﨑が亡くなっていたため）ご子息である杉﨑明夫氏の文章が収録されているのだが、杉﨑は家族のことをまったく詠まないのでやはりちょっとびっくりしてしまう。そんな歌人はやはりたいへん稀なのである。

ただ、杉﨑恒夫が所属していたのが同人誌「かばん」であったことは彼の歌を考える上で重要なポイントである。「かばん」は井辻朱美（『指輪物語』で有名なJ・R・R・トールキンの翻訳者でもある）や林あまり（坂本冬美の「夜桜お七」の作詞家でもある）らによって創刊され、穂村弘、東直子、飯田有子、佐藤弓生、雪舟えま、千葉聡（『短歌タイムカプセ

ル』編者のひとり）、フラワーしげる（翻訳家、小説家の西崎憲）、山田航（『桜前線開架宣言』の著者）をはじめ、歌壇の王道としては捉えられていなかったにもかかわらず、短歌シーンの風景をがらりと変えた個性的な歌人を擁する土壌がそこにはあったと考えるべきだろう。

しんじつにおもたきものは宙に浮かぶ　惑星・虹・陽を浴びた塵
井辻朱美

生理中のFUCKは熱し
血の海をふたりつくづく眺めてしまう
林あまり

蛇行せよ詩よ詩のための一行よ天国はまだ持ち出し自由
千葉聡

おれか　おれはおまえの存在しない弟だ　ルルとパブロンでできた
獣だ
フラワーしげる

たぶん親の年収超せない僕たちがペットボトルを補充してゆく
山田航

なお、「かばん」の母体となった「詩歌」の主宰は前田透であり、前田透の父は前田夕暮であった。前田透は初期に自由律短歌を書いており、前田夕暮は反アララギ派として

活躍した経験のある歌人でもある。このことは押さえておくべきだろう。

自然がずんずん體《からだ》のなかを通過する――山、山、山　前田夕暮

ジャスミンの花の小枝をささげ来てジュオン稚くわれを慕へり　前田透

大文字ではじまる童話みるように飛行船きょうの空に浮かべり
音荒く雨ふる夜明け胸という一まいの野を展げていたり
バレリーナみたいに脚をからませてガガンボのこんな軽い死にかた
星空がとてもきれいでぼくたちの残り少ない時間のボンベ
晴れ上がる銀河宇宙のさびしさはたましいを掛けておく釘がない
気の付かないほどの悲しみある日にはクロワッサンの空気をたべる
雨の夜のポストに会って来たことがたった一つのアリバイとなる
ハムのごとき秋の夕日はぴらぴらと電車の窓にスライスされる
しろがねのホルンの渦をかけめぐる冷たき息を秋風とよぶ
牛乳を熱くしおればくり返す脚韻に似て夜はくるなり

二〇一一年から二〇二〇年

『裏島』『離れ島』
石川美南
人間のふり難儀なり

いしかわ・みな　一九八〇年、神奈川県生まれ。同人誌「pool」、「[sai]」のほか、「さまよえる歌人の会」、橋目侑季（写真・活版印刷）との「山羊の木」などで活動。第五歌集『体内飛行』で塚本邦雄賞受賞。

『裏島』『離れ島』は「双子の歌集」であるらしい。どちらも二〇一一年九月十日発行、第一歌集『砂の降る教室』に続く歌集である。両A面といった趣なのだろうが、かなり贅沢な造りである。しかしどちらにせよ「裏島」「離れ島」であり、「本島」＝王道的短歌スタイルから外れた味が意識されている（「裏島」には＝「浦島」的匂わせもあるだろう）。

『裏島』の巻頭は「眠り課」。大森望他編『年刊日本SF傑作選 超弦領域』（創元SF文庫）にも収録されている、働き疲れて昼寝をすると〈眠り課〉に配置替えになり姿を消すというファンタジー連作である。さらに、どんどん人が鳥に変身していく怪奇譚「鳥」、現在と戦時下の語りを接続させる「猛暑とサッカー」、姉、父、弟、母、祖母と語り手を次々と変えながらのポリフォニーを目論んだ大作「祖父の帰宅／父の休暇」、上野動物園のジャイアントパンダ・リンリンが一晩だけ脱走するというif創作「大熊猫夜間歩行」、夏目漱石「夢十夜」を踏まえた「さとれ」「豚のあたま」、冷蔵庫の中に自分が入ってしまったという奇想「冷蔵庫に灯台」、健康診断の院内めぐりを渡航移民の語りで異化させた「私たちのうちの何人かは、手を」など『裏島』は力の入った実験連

作尽くしの歌集であった。

眠り課の暗躍により第五号議案もつつがなく夢の中　『裏島』

戸の向かうなにか羽ばたく気配して　もう、この夢を抜け出なくては　（同）

真夜中の桟橋に立ちやさしげな獣に顔を噛まれたること　（同）

一方『離れ島』もSF、ファンタジー風味の歌が多数収録されているが連作としてのつくりは比較するとゆるく読みやすい。

人間のふり難儀なり帰りきて睫毛一本一本はづす　『離れ島』

噛めば月のまばたきに似た音のするアルミニウムの硬貨を愛す　（同）

掉尾を飾るのが「物語集」である。私家版カード集として二〇〇六年に制作され、三年後、翻訳家・柴田元幸の編集する文芸誌「monkey business」物語号に増補収録された。そのさらに後、柴田元幸が編んだアンソロジー『短篇集』にも収録された。石川美南の

代表作のひとつだろう。

朦朧と口に運びし野葡萄があなたの指に変はるまでの話　『離れ島』

午前二時のロビーに集ふ六人の五人に影が無かつた話　（同）

一行物語集である。力を抜いて次々にはじまり次々に終わる物語を楽しめばよい。近代以降、どうにも「短歌」と「物語」は食い合わせが悪い。そこにはあまりにもさまざまな理由があるけれど、ひとつには近代以降、短歌が「文学」たらんとした力みがある。「文学」と「物語」と「エンターテインメント」は必ずしもノットイコールの関係ではないが、イコールの関係でもない。けれど「文学」が「エンターテインメント」したっていいんじゃないですかねえ、と語りかけてくるような二冊の歌集である。

また石川は作歌以外の活動にも積極的で、彼女が短歌シーンにもたらした功績は大きい。歌人はそれぞれ自分のつくった歌を持ち寄って批評しあう歌会が好きで、これは方々で開催されているけれど勉強会はすくない。石川が開いている若手歌人中心の歌集読書会「さまよえる歌人の会」は貴重だ。みずからのホームページでおこなっていた、上の句を作ったら、下の句を友達にバトンタッチ、さらにその友達が別の友達に上の句をつくってもらう企画「ともだちのわ」は石川が人と人とを繋ぐ役割を果たしている、人徳を示す好例だろう。おなじくホームページで「ゴニン　デ　イッシュ」というおな

じ一首について五人が評を書き価値観の相対化をはかる企画もおこなっていた。内山晶太、五島諭、仲田有里、山崎聡子、山田航らがメンバーの二〇〇二年創刊の同人誌「pool」、歌人以外に俳人の神野紗希、髙柳克弘、詩人の平田俊子、小説家の三浦しをんも参加する秘密結社「エフーディ」での活動や同人誌発行、今橋愛、永井祐、光森裕樹とおこなった十五週間の食事を記録し毎月十首の短歌を読むウェブ企画「セクシャル・イーティング」、写真・活版印刷を担当する橋目侑季と組んだユニット「山羊の木」としてさまざまなイベントに参加したりなど枚挙に暇がない。「エンターテインメント」しているのは歌集においてだけではないのだ。

『裏島』

去り際の女はやをら振り返り羊の顔で笑ふのだつた
真夜中の桟橋に立ちやさしげな獣に顔を噛まれたること
液体と気体を行き来するうちに恋に落ちたりするはずだつた
水平線ふたつに割つて朝焼けの広がる側を貰ひ受けたり
海猫がむだ・むだ・むだと鳴くといふ近ごろ本が読めないといふ

『離れ島』

息を呑むほど夕焼けでその日から誰も電話に出なくなりたり
人間のふり難儀なり帰りきて睫毛一本一本はづす
降りつもる木の葉両手で掻きわけてこの森の陰核をさぐれり
ミニチュアの兵士の胸にミニチュアのハートを描いた兵士の話
わたしなら必ず書いた、芳一よおまへの耳にぴつたりの話

『日本の中でたのしく暮らす』

永井祐

わたしは別におしゃれではなく

ながい・ゆう　一九八一年、東京都生まれ。第一歌集『日本の中でたのしく暮らす』を刊行。「ガルマン歌会」などに参加、歌書を読むブログ「短歌のピーナツ」を堂園昌彦・土岐友浩とともに運営。笹井宏之賞選考委員。

ゼロ年代短歌といってもいいし、ポストニューウェーブといってもいいが、その時代の短歌シーンの中心にいたのは永井祐だった（歌集が出版されたのは二〇一二年だが、出版前にもかかわらず歌壇は永井の話題で持ちきりだった）。

あの青い電車にもしぶつかればはね飛ばされたりするんだろうな

短歌総合誌を開けばこの歌の悪口が載っていた時代だった。何がそんなに先行世代を苛立たせたのだろう。完全口語であることや、従来の修辞にまったく関心のない態度？　もちろんそれらもあっただろうが、いちばんは歌からたちあがって見えてくる「永井祐という若者のすがたそのもの」が気に入らなかったのだと思う。

ここで、付け加えておかなければならないのは、サブカルや文学シーンで見えていた「ゼロ年代」のすがたと、永井祐を中心と考えた場合の短歌シーンにおける「ゼロ年代」はまったくちがうということだ。舞城王太郎や西尾維新の「ファウスト」、東浩紀のオ

タク批評やゼロアカ道場、カオスや過剰な熱気とはまったくちがったところに短歌の「ゼロ年代」はあった。むしろそれらが終わった時代の静けさに永井の歌は親和性がある。当時よりも現在のほうが永井の影響下にいる歌人は多い。

大みそかの渋谷のデニーズの席でずっとさわっている1万円

東京の神社を一つずつ制覇しながら君と仲よくなりたい

恋と革命に生きるのだと意気込んでいた世代も、バブル世代も、こんなのはしみったれている、と感じたのだろう。自分たちが若かったころとはあまりにもちがう、そして自分たちが大人になってつくりあげた日本はいまやこんな姿なのか、と落胆もしただろう。『日本の中でたのしく暮らす』というタイトルは明確な意思表示だし、大人たちへの挑発でもある。

そして永井は自分が生きる日本のまずしさを嘆かない。ここが決定的にあたらしかった。そのなかで生きる自分のすがたをかっこわるく描写することもない。非正規雇用で派手な恋愛もない、そんな生活はむしろクールだ、という姿勢がまた反感を買ったのだろう。永井の歌の基本は「肯定」である。男歌を肯定の歌とする仮説をとるなら、現在もっとも男性的な歌人は永井祐だろう。

ローソンの前に女の子がすわる　女の子が手に持っているもの

電車にバッグを投げつけて怒鳴り散らす女性　ぼくのいる位置
女性のいる位置

永井の持ち味は、適切な距離感である。他人を勝手に歌のための都合のいいアイテムにしないこと。「ぼくのいる位置」から「肯定」すること。かっこいい。こんなやり方は永井祐にしかできなかった。フォロワーが多いのも納得である。

しかし、永井を口語短歌の最先端のひとりであったというだけでとらえるのは誤りである。

もっと調べないとめったなことは言えないけれど、近代の短歌を完成させてその後のあらゆる変革を呑み込み、短歌の外側にいる人の頭に?マークを浮かばせる特有の磁場を作り上げた人、現在まで通用している短歌のＯＳを書いた人間、それがどうも土屋文明みたいなのだ。

短歌の秘密のかぎは土屋文明が持っている。

どうも、最近、そう思う。

二〇一三年の時点で永井は「土屋文明『山下水』のこと」（「率」五号）という文章を

書いている。アララギといえば齋藤茂吉という時代が長く続いたが、前衛短歌の塚本邦雄は『茂吉秀歌『赤光』百首』をはじめとする茂吉秀歌シリーズでアララギ的ではない美学的な読解が茂吉短歌において可能であることを証明した。しかし逆にいえば茂吉におけるアララギイズムは塚本に覆される隙があったのだという見方もできる。けれどおそらく土屋文明にそれは通用しない、その意味においてアララギの深奥にいるのは土屋文明だといえる。近代短歌への遡行が進む現在の歌壇において、永井の文明への接近は最重要ポイントのひとつとなってくるかもしれない。

あの青い電車にもしもぶつかればはね飛ばされたりするんだろうな
体育館の前で弁当広げてる　もしもし、もしもし、こっちは夜だ
東京に春の大雪　ＢＢＳで出会う４人はバンドをつくる
雨音かシャワーの音かわからない２００２年のある朝起きて
１千万円あったらみんな友達にくばるその僕のぼろぼろのカーディガン
大みそかの渋谷のデニーズの席でずっとさわっている１万円
二十五歳になって体がやせてくる夜中に取り出すたばこといちご
わたしは別におしゃれではなく写メールで地元を撮ったりして暮らしてる
月を見つけて月いいよねと君が言う　ぼくはこっちだからじゃあまたね
君に会いたい君に会いたい　雪の道　聖書はいくらぐらいだろうか

『手のひらの花火』

山崎聡子

ほら心臓、縮んだ、わたしの、

やまざき・さとこ　一九八二年、栃木県生まれ。「未来」短歌会所属。早稲田大学在学中に作歌を始め、二〇一〇年、「死と放埒なきみの目と」で短歌研究新人賞受賞。第一歌集『手のひらの花火』で現代短歌新人賞受賞。

排卵日小雨のように訪れて手帳のすみにたましいと書く

第五十三回短歌研究新人賞受賞作「死と放埒なきみの目と」のなかの一首だが、読んだ瞬間「きつい」と思ったことを強烈に覚えている。価値観の深いところで女性性をどう問うか訊ねられて答えを出す前にギブアップさせられたような感覚だった。一方でこの歌を「生理的に無理」と片づけてしまえるのはセンスが死んだ人だとも思ってそのまま、多分一生忘れられない。

処女にて身に深く持つ浄き卵《らん》秋の日吾の心熱くす

富小路禎子

この歌を初めて目にしたとき、富小路の歌集は絶対に一生読まないと決意したときに似ている（実際にはしばらく後に富小路の歌に熱狂する時期がやってくるのだが）。「排卵日」は発表時に否定的な意見をかなり目にしたが、歌集にこの連作を収録するときに山崎はこの

歌を落とさなかった。

真夜中に義兄の背中で満たされたバスタブのその硬さをおもう

義兄とみる「イージーライダー」ちらちらと眠った姉の頬を照らせば

「死と放埒なきみの目と」は義兄との危うい距離感を描いた連作だ。ロリータ・コンプレックス的な世界を男性側から提出するのは当時からもうかなりきびしくなりつつあったがゆえに、ロリータ側からの提出にはどこか空気が浮き立つようなざわめきがあった。そう思うとき、「罪深いおしゃべりばかり溢れだす、カローラ、義兄《あに》の白いカローラ」という歌を歌集から落として「排卵日」を落とさなかったのは山崎にとって原理的な選択なのだったと思えてならない。

さらに危険な連作が収録されている、「卵とカルピス」だ。

小学校には用務員さんがいた。四十過ぎで独身。学校の目の前のアパートに住んでいて、年配の教師は彼を「こづかいさん」、子供たちは「センセイ」と呼んで親しんでいた。センセイは、子供たちを自分のアパートで遊ばせるのが好きだった。それから、「とくべつだぞ」といってお菓子を与えるのが好きだった。わたしも、飼育係をしていたときに一度、彼のアパートに遊びに行ったことがある。

詞書を読むだけで背筋が冷えてくるが、

「秘密ね」と耳打ちをして渡された卵がぐらぐら揺れるポケット

「センセイの部屋はなんだか冷蔵庫みたい。冷たい床もにおいも」

あの人の手のつめたさやこの部屋の甘いにおいを覚えておこう

二〇二一年の今、書きうつしているだけでポリティカル・コレクトネスに関するあれこれを思い出してこっちがびくびくしてしまう。この感覚は何だろう、と考えると、この人の歌の甘さに溺れるといつか加害者として糾弾されてしまうかもしれない、という怯えなのかもしれない。「死と放埒なきみの目と」も「卵とカルピス」も年長者に夢を見させる隙を与えつつじつは核心部分はまったく手放していない。わたしは被害者ではありませんが、いつでも被害者となってあなたにカードを切れますよ、と脅されている気がするのである（加害者側の被害妄想をたいへんに掻き立ててくるのだ）。太平洋戦争のさいに女学生が風船爆弾をつくっていたという演劇をモチーフとした連作「グロリア」でその構造は明らかになる。紙とこんにゃく糊で風船爆弾をつくるときに少女たちは指紋を失い、友を空襲で亡くすが、完成した風船爆弾は太平洋を超えてオレゴン州の六人を殺

すことに成功した。女学生たちは敗戦国・日本の体制側の被害者だが、風船爆弾の被害者たちにとっては確実に加害者であった。

　山崎の歌には被害者として存在すること自体の仄暗い加害性があり、それが読者の心を濡らすのだ。

塩素剤くちに含んですぐに吐く。遊びなれてもすこし怖いね。
理科室のホルマリンに似た甘い香が夏の土から匂い立つなり
終バスに浅い眠りを繰り返しどこにでもゆく体とおもう
枝豆を裸の胸にあてがってほら心臓、縮んだ、わたしの、
夕闇のきみ、指先にて湿りゆくマルボロあれを花火と呼ぼう
真夜中に義兄の背中で満たされたバスタブのその硬さをおもう
さようならいつかおしっこした花壇さようなら息継ぎをしないクロール
廃車場の暗がりを抜けきらきらと目にもまばゆい神社へ、歩く
蝶々を素手で摑んでいるようなきみの手紙の長き追伸
ともに住むこわさを胸にのみこんでかすれた声で歌うバースデー

コラム

テン年代

大井学は、荻原裕幸が責任編集をつとめた「短歌ヴァーサス」は二〇一〇年代に訪れる「同人誌時代」の先駆としてとらえるべきではないかと「セルフプロデュースの幕開け」で論じている（『「ねむらない樹」別冊　現代短歌のニューウェーブとは何か？』書肆侃侃房）。二〇〇七年「短歌ヴァーサス」の終刊とともにポストニューウェーブ世代は発表できる紙媒体をひとつ失った。しかもそれは大きな喪失だった。短歌総合誌に歌や論を発表できるのはそのなかの一握りにすぎなかった。

「[sai]」（黒瀬珂瀾、石川美南他）、「豊作」（花山周子、澤村斉美他）、「pool」（石川美南、堂園昌彦他）、「snell」（今橋愛、雪舟えま）、「風通し」（斉藤斎藤、なお厳密には〝そのつど誌〟）など、ゼロ年代にはさまざまな同人誌があった。

しかし、二〇〇七年以降、つまり広義のポストニューウェーブ世代以降には、はじめから「短歌ヴァーサス」は存在しておらず、短歌結社や学生短歌会に属していなければ、紙媒体に文章や作品が載るチャンスはまずなかった（あるいは所属していても結社誌と機関誌以外に発表媒体はない）。ここから文学フリマへの出展とほぼセットとなった「同

人誌時代」がはじまった。「Dagger 廿」（吉田恭大、井上法子、吉田隼人他）、「町」（望月裕二郎、服部真里子、吉岡太朗他）、「率」（瀬戸夏子、藪内亮輔、平岡直子他）、「穀物」（川野芽生、山階基、小原奈実他）「羽根と根」（阿波野巧也、佐々木朔他）、「一角」（土岐友浩他）、「かるでら」（二三川練、浅野大輝他）、「うたつかい」（嶋田さくらこ、千原こはぎ他）、「砂糖水」（小野田光、國森晴野、原田彩加）、「66」（錦見映理子、玲はる名他）、挙げきれない、文フリの短歌ブースはどんどん拡大していった。

ユニークなものがたくさんある。「短歌ホスピタル」（土岐友浩、北山あさひ、田丸まひる他）は医療の現場に身を置く歌人が集合した企画ものだし、「中東短歌」（千種創一、齋藤芳生、柴田瞳他）は中東にゆかりのある歌人があつまった同人誌である。「ぬばたま」（初谷むい、乾遥香、大村咲希他）は九六年生まれが集まっているので九六＝クロ＝「ぬばたま」という名前であるらしい。作品のみ掲載の同人誌の少なくないなか、評論と座談会のみの同人誌「Tri 短歌史プロジェクト」（大井学、花笠海月、濱松哲朗他）は貴重な存在だ。BL短歌マガジンとして唯一無二の存在感をみせる「共有結晶」（柳川麻衣、岩川ありさ他）。投稿されてきた短歌と写真を組み合わせたカラーのフリーペーパー「うたらば」（田中ましろ）。睦月都は穂村弘と組んで、手紙魔まみトリビュートマガジン「手紙魔まみ、わたしたちの引越し」、ベテラン歌人と若手歌人の対話を収録した「tanqua franca」という重要な二冊を刊行した。「稀風社」（三上春海、鈴木ちはね）の活動は「誰にもわからない短歌入門」というテン年代短歌評論の傑作を生み、短歌研究新人賞を受賞したが虚構議論が起こった石井本人が新人賞の意義を問う「石井僚一短歌賞」を開催した。すべ

てを合わせれば「短歌ヴァーサス」を超える多様性がある。「短歌ヴァーサス」の不在が「短歌ヴァーサス」を超える同人誌ムーブメントを生んだのだ。

文フリの短歌ブースには大学短歌会のブースも増えた。ゼロ年代のはじめ、大学の短歌会は（おそらく）早稲田短歌会と京大短歌会のみになっていた。それ以外の大学生は基本的に関東・関西それぞれ、早稲田短歌会か京大短歌会のどちらかにインカレで入るしかなかった。ところが二〇〇六年に東京大学本郷短歌会ができたのを皮切りに、東京外大短歌会、大阪大学短歌会、九州大学短歌会、北海道大学短歌会、岡山大学短歌会、東北大学短歌会、立命館大学短歌会と続々と立ち上がっていき、大学短歌会ブームが起こった。二〇一五年、角川書店は予選を勝ち抜いた大学短歌会が歌合で戦う大学短歌バトルを始め、年毎に開催され、現在まで続いている。

インターネットにおける短歌プラットフォームも変化しつづけている。かつては、「エスツー・プロジェクト」（荻原裕幸、加藤治郎、穂村弘）の「ラエティティア」を中心に、短歌投稿を受けつけていた「枡野浩一のかんたん短歌Blog」や笹公人の「笹短歌ドットコム」があり、五十嵐きよみが主宰した題詠１００首blogを一年かけて題詠を完成させながら個々の歌人たちはコミュニケーションをとっていた（その一部は『短歌、ＷＷＷを走る　題詠マラソン２００３』『短歌、ＢＬＯＧを走る〈２０１２〉題詠イベント10周年記念』という書籍のかたちで読むことができる）。「うたの日」など選者不在で互選多数決型の短歌投稿サイトが生まれ、盛況である。一首単位の発表が優勢になりがちななか、御殿山みなみはウェブ上で短歌連作誌「あ

みもの」を運営していた。最終号である三十九号には百八十一名の寄稿があり、結社や大学短歌会に所属している歌人も、すでに歌集を出版済の歌人もたくさん参加している。ネット短歌結社を名のる「なんたる星」はパブーやnoteで活動している。全体としてインターネットと紙媒体の距離が近くなり融和しつつあるイメージだ。中間項としてわかりやすいのはコンビニのネットプリントサービスを利用したネプリ活動の隆盛だろう。登録すると全国のコンビニのどこからでも一週間、紙代を払ってインターネットで閲覧できる番号を入力すれば入手できる。その後、内容をウェブ公開する人もいれば、のちに集めて同人誌化する人もいる。「ぺんぎんぱんつ」（田丸まひる、しんくわ）、「金魚ファー」（笠木拓、山中千瀬）など無数に存在している／した。

Twitterの短歌botから短歌を知る人もいる（さまざまな歌人の歌を収録したものもあれば歌人ひとりの歌のみのものもある）。Wikipediaのなかから偶然短歌のリズムになっているものを抜き出してツイートする「偶然短歌bot（@g57577）」は話題になり書籍化もされた。botではないが「食器と食パンとペン（@syokupantopen）」では、イラストレーターの安福望が歌に添えてイラストを投稿しつづけ人気となり、こちらも書籍化された。

一方、新聞や雑誌の投稿欄も賑わっている。なかでも雑誌「ダ・ヴィンチ」の穂村弘の「短歌ください」はすさまじく、掲載歌人は次々と歌集デビューしつづけている（陣崎草子、虫武一俊、九螺ささら、鈴木美紀子、木下龍也、岡野大嗣、鈴木晴香、工藤吉生、小坂井大輔、戸田響子他）。

『あそこ』

望月裕二郎

いけない口だこうやってやる

もちづき・ゆうじろう　一九八六年、東京都生まれ。立教大学在学中から作歌を始め、同人誌「町」創刊に参加。第一歌集『あそこ』のほかに、大学卒業制作としてつくられた歌集『ひらく』がある。

ひたいから嘘でてますよ毛穴から（べらんめえ）ほら江戸でてますよ

そのほうがおもしろいのか道草はうまいか絵でいてつらくないのか

特異な文体の出現だった。

現代短歌はなかなか〈意味〉を手放せない。手放せていて、しかも歌として美しく成立しているのは、韻律に選ばれた歌人ばかりだ。

ゆふぐれに櫛をひろへりゆふぐれの櫛はわたしにひろはれしのみ　永井陽子

べくべからべくべかりべしべきべけれすずかけ並木来る鼓笛隊　（同）

ふらんす野武蔵野つは野紫野あしたのゆめのゆふぐれのあめ　紀野恵

さにあらばああいふふうな挨拶かあれが愛ではないといふなら　小池純代

〈意味〉を読もうと思えば読みこめなくもない、解釈できなくもない、けれど、そんなことよりも韻律の快さに誘惑されてしまう。

望月の場合は、もうすこし生真面目である。やや頑固で、気むずかしい表情で、〈意味〉をいじくりまわして捨てようとする動作が歌になっている。

分析というかだまって無意識をみてるだけ（って虫がなくかよ）

三の章にはこの文体に変化する前の望月の初期歌編が収録されているが、もともと望月の歌はかなり理屈っぽい。二〇〇七年に「早稲田短歌会」に入会したころの歌である。

繰り返し自分の名前をつぶやけばそれは自分の名前でなくなる

つやつやのチーズを皿に盛り付ける無思想という思想をもって

「分析」的な歌から、「だまって無意識をみてる」ように注意を払って歌の言葉を扱う

ほうへ作歌方針をシフトしたところから望月の文体は誕生したといえるだろう。二〇〇九年に参加した同人誌「町」創刊号に発表した「水か油」二十首で望月の文体は完成を見た。「だまって無意識をみてる」のではなく、「無意識」に口を持たせてなんとかしゃべらせようという試みだ。「無意識」といえば当然フロイトやユングが浮かぶが、フロイトがそうであったように、「無意識」は性的な事柄や言い間違いにたいへん親和的であり、望月の歌もまたその気配が濃厚である。

どの口がそうだといったこの口かいけない口だこうやってやる

丸裸にされてしまったわたくしの丸のあたりが立ちっぱなしだ

〈意味〉の解体は下ネタ的語彙の宙吊りで決行される。「いけない口だ」「立ちっぱなしだ」……って、ああ、もしかしてそういう〈意味〉かなあ、と読者にうしろめたく思わせつつ、おそらく実際にそういう〈意味〉であり、同時にそういう〈意味〉でもないとも読めるんだよなあ、と提示する。意地悪な作者である。

　タイトルの『あそこ』は、この歌集の監修にあたった東直子からも、版元からも反対されたらしい。それはそうだろう。だって「あそこ」ってそういう〈意味〉にも見えるし、そういう〈意味〉でもあるだろうし。であるからこそ、この歌集のタイトルは「あそこ」でなければならなかった。

外堀をうめてわたしは内堀となってあそこに馬をあるかす

『あそこ』はとぼけたユーモアの味をたのしめる歌集でありつつ、かなり厳密な実験歌集でもある。タイトルに正しくビビりながら読んでみてほしい。

さかみちを全速力でかけおりてうちについたら幕府をひらく
もう夢は耳でみるからはずかしいかたちの水をかけないでいて
どの口がそうだといったこの口かいけない口だこうやってやる
玉川上水いつまでながれているんだよ人のからだをかってにつかって
だらしなく舌をたれてる（牛だろう）（庭だろう）なにが東京都だよ
そのほうがおもしろいのか道草はうまいか絵でいてつらくないのか
なでさするきもちがいつも電柱でござる自分をあいしてよいか
あやまって井戸におっこちたおじさんは助動詞がたりなくてこまってる
おまえらはさっかーしてろわたくしはさっきひろった虫をきたえる
外堀をうめてわたしは内堀となってあそこに馬をあるかす

『すずめ』

藤島秀憲

ねぎらいの、ねぎらいの雨

ふじしま・ひでのり　一九六〇年、埼玉県生まれ。佐佐木幸綱に師事、「心の花」所属。第三歌集『ミステリー』で前川佐美雄賞受賞、ほかに現代短歌評論賞を受賞した「日本語の変容と短歌」がある。

十九年続いた認知症の父親のつきっきりの介護が父の死によって終わるまでの日々を詠んだ歌集。

そんなふうに紹介されていたら、「なるほど興味深い、読んでみよう」と思う人もいれば「わざわざそんな辛気臭いものを読みたくない」と感じる人もいるだろう。わたしは完全に後者なのだが、この歌集は滅法おもしろく読めてしまったので、わたしと同じ意見の人も読んでみてほしい。

ゆるキャラのコバトンくんに戦《おのの》ける父よ　叩くな　中は人だぞ

夏椿さらさらと咲きお父さんパンツを脱いだらパンツを履こう

くいしばる歯のなき父はそこにいる一人息子に摑まり立ちす

認知症の介護は、そもそも重労働である介護のなかでもたいへんにきついものだろう。介護の歌を読むときには、介護者のしんどさをいくらか背負わされるところがあり、それが歌の力になっていることもあるが、たいていの場合はそうではなく、きつい、しんどい、主体への励ましを要求されている気分になり、ただただ読むのがつらくなってしまうことが多いのだが、この歌集にはそういうところがない。からっとしたユーモアがこのテーマをぐいぐいと読ませる。

さくらもち草餅かしわ餅ついに完売したる第2期の墓地

もちろんその秘密は藤島の作歌のテクニックによるものだ。「さくら餅（＝春のはじめ）草餅（＝春）かしわ餅（＝春の終わり）」と時間の経過を追いながら「ついに」を「完売したる第2期の墓地」との両方に掛けてブリッジのように読ませる。些細な日常や日常の風景を詠みながら、修辞や比喩の言葉にはたっぷりとしたゆたかさと余裕がある。

川からの風に露《あら》わとなる額《ひたい》理性が恋を長持ちさせる

じくじくと父の床ずれざまあみろ一人の命をわれは支配す

それでもときどき噴出する父親への愛憎に読者はやはりどきりとさせられるし、父親

をショートステイに預けての恋人との逢瀬が主体を救ってもいる。単純な話でもないし、単純な歌集でもないのだ。

砕氷船のように入り来る救命士　もろかったんだ父との暮らしって

母が逝き父が逝き二十四時間がわれに戻り来《く》たまものとして

望み来し父の死なれば寝つけざる夜に雑誌を紐もて括る

父の死は、「たまもの」のように自分のためだけに使える「二十四時間」を戻し、もたらしてくれたが、父の死後の歌は淡く苦い。藤島は父の死後、四十年住んでいた家を離れ、１ＬＤＫの部屋に移りすんだ。あとがきにも「以前のような歌がもう作れなくなりました」とある。

歌集のタイトルは『すずめ』だ。

もうみんな大人の顔つき体つき冬のすずめに子供はおらず

巻頭歌である。住んでいた家にはよくすずめがやってきて、藤島は、あるときはすずめに語りかけるように、あるときは自分自身のすがたを投影するように歌を詠んでいた。

あたらしい部屋ではもうほとんどすずめの声はきこえないという。

『すずめ』は、第五十四回現代歌人協会賞を受賞した『二丁目通信』につづく藤島の第二歌集であり、芸術選奨新人賞および第十九回寺山修司短歌賞を受賞した。〈私性〉の拳でずしりと打たれる歌集だ。

散りぎわの梅見に来たる湯島にて九十度ずつピザを分け合う
老舗までバスに揺られて水羊羹　バスに揺られて母の墓まで
さくらもち草餅かしわ餅ついに完売したる第2期の墓地
夏椿さらさらと咲きお父さんパンツを脱いだらパンツを履こう
あついあついと隣の家族帰り来て、となりはこれがいいという声
お手玉になった気分でとびはねる雀よ　ぼくにも好きな人がいる
一時間泣いたつもりがまだ一分鯉がちゃぽんと水面を揺らす
収穫の終わりし梅の畑には今日ねぎらいの、ねぎらいの雨
じくじくと父の床ずれざまあみろ一人の命をわれは支配す
ことさらに大島桜におう春罪の数だけ罪に苦しむ

2013

『やがて秋茄子へと到る』

堂園昌彦

君は君のうつくしい胸にしまわれた

どうぞの・まさひこ　一九八三年、東京都生まれ。「コスモス」「早稲田短歌会」を経て、同人誌「pool」所属。谷川由里子、五島諭らと始めた「ガルマン歌会」などで活動。

うすいブラウンの表紙、本文活版印刷、天アンカット、仮フランス装の瀟洒なデザインの歌集『やがて秋茄子へと到る』は、第四十八回造本装幀コンクールにて日本印刷産業連合会会長賞を受賞した。翌年二月にライプツィヒで開催される「世界で最も美しい本コンクール」へと出品された。この時期を境に歌人の第一歌集の装丁への意識がぐっと向上し、洗練されたデザインの歌集が増えていった。

また、この歌集は紀伊國屋書店の読書サークル「ピクウィック・クラブ」が選ぶ年間ベスト一位の本として選ばれた（ピクベス2014）。ここから話題が広まり、これまで歌集を手にしたことがなかった読者層にもリーチした。この後紀伊國屋新宿本店は、担当の梅﨑実奈の活躍によって、歌集において東京随一の書店になっていく、そして、短歌はどんどんカジュアルな読者層を増やしていくことになる。その分水嶺の象徴のような歌集である。

春の船、それからひかり溜め込んでゆっくり出航する夏の船

遠くから見ればあなたの欲望も薔薇のよう抜け出した図書室のよう

歌集をひらいて見ると、一頁一首組みで、一行詩としての完成度が高い。装丁も含めて、いかにも短歌といった泥臭さや圧がなく、慣れない読者もしぜんと静謐な作品世界に入りこんでいけるようにつくられている。

とはいえ、表題歌である、

秋茄子を両手に乗せて光らせてどうして死ぬんだろう僕たちは

という歌は、齋藤茂吉の代表歌のひとつ、

赤茄子の腐れてゐたるところより幾《いく》程《ほど》もなき歩みなりけり　齋藤茂吉

を踏まえて詠まれているのではないだろうか。齋藤の「赤茄子」は、歩きながら道端で腐敗していたトマトが落ちていたことをふっと思い出す、そこに「生」の一瞬が閃くようにやってくる歌だ。一方、堂園の「秋茄子」は手の中の光あふれる旬の茄子に一瞬の「生」の儚さを見つけている。つまり「秋茄子」とは「死」であり、『やがて秋茄子へと到る』とは、「死」へと到るまでの「生」のよろこびを詠んだ歌集であり、齋藤茂吉へのひとつのアンサーでもあった。

君と一緒に胸の商店街へ降《お》り集めたものは冬の色彩

額《ぬか》に塩浮かべていてもハイウェイは胸に開通する、一瞬で

幾《いく》度《たび》も越えた心の敷石を撫でればそこに桔梗が咲けり

冬の旅、心に猫を従えて誰も死なない埠頭を目指す

「胸」や「心」、そして感情にまつわる歌が多い。それは、この歌集の歌はすべて作者の心のなかで濾過され、純化された心象風景の歌だという証だからだといっても過言ではないと思う。いわゆる近代短歌の〈写生〉＝実景をありのままに歌うメソッドとは別の方法論が採用されている。心象風景を「美」的に詠むことを選んでいる。

振り下ろすべき暴力を曇天の折れ曲がる水の速さに習う

その手つきが「暴力」的だと呼ばれることを知りながら、それでも選んだメソッドなのだと思う。

出会いからずっと心に広がってきた夕焼けを言葉に還す

言葉に「変える」のではなく、言葉に「還す」。「言葉」が「心」からの借り物にすぎないと知りながら、詩＝歌を詠む営為を言祝ぐことをやめない歌集である。

秋茄子を両手に乗せて光らせてどうして死ぬんだろう僕たちは

君は君のうつくしい胸にしまわれた機械で駆動する観覧車

生きていることが花火に護られて光っているような夜だった

白薔薇がかがやきながら揺れている記憶を漱ぐときのくらがり

冬にいる寂しさと冬そのものの寂しさを分けていく細い滝

町中のあらゆるドアが色づきを深めて君を待っているのだ

生きるから花粉まみれて生きるからあなたへ鮮やかな本と棚

僕もあなたもそこにはいない海沿いの町にやわらかな雪が降る

君を愛して兎が老いたら手に乗せてあまねく蕩尽に微笑んで

ほほえんだあなたの中でたくさんの少女が二段ベッドに眠る

2014

『オーロラのお針子』

藤本玲未

破裂した苺のように

ふじもと・れいみ　一九八九年、東京都生まれ。法政大学の金原瑞人ゼミに参加、作歌を始める。「かばん」所属。二〇一四年、第一歌集『オーロラのお針子』を刊行。

「完璧な少女」という表象は、でありたい／になりたい、そして、であってほしい／でありつづけてほしい、という主体／客体の入り混じった欲望の交差点でいびつにたちあらわれるすがたかたちである。藤本玲未の『オーロラのお針子』はそのただなかにいる。「あなた」、「きみ」、「あのひと」——と、「わたし」のあいだの幻想のなかで歌は完結する。とても狭いけれど、甘い空間である。

あなたから生まれる前の夢をみた波打ち際の電話ボックス

ならいっそ親子になって世界史のそとがわでまだ遊んでいたい

現実、たとえば家族や系譜や歴史、そこからふたりで逃れ続けたい。

子供よりシンジケートをつくろうよ「壁に向かって手をあげなさい」

穂村弘

一九九〇年に刊行された穂村弘の第一歌集『シンジケート』の表題歌である。藤本はここからさらに、甘い夢への後退を選ぶ。恋人とのギャングごっこではなく、「あなた」の子どもになった空間を夢見るのだ。究極のファザー・コンプレックス小説『甘い蜜の部屋』の森茉莉と森鷗外の関係をどこか思い出させもする。

これ以上あなたなしではいられない生まれる前の村を燃やして

その思いは、みずからの系譜を捏造するだけにはとどまらない。「あなた」の系譜もまた根絶やさなければ、完璧なふたりの空間、関係もまた生まれない、とだだをこねる。あたらしい相聞の名歌が誕生した。

ゆきみちで銀河鉄道読むきみはポケットに二十世紀をいれた

人生のメニュウをひらき最初からアイスクリームにしたい朝です

ふたりの空間はしばしばシュールレアリスティックで突飛なロマンチシズムに溢れて

いる。

一匹か一人か迷う。春のバス停であなたを数えるときに

私の恋人が逆進化している。誰にも話していない。どうしてそんなことになったのかわからないけれど、ある日まで彼は私の恋人だったのに、その次の日には猿になっていた。それから一か月がたち、いまは海亀。

（『燃えるスカートの少女』）

管啓次郎の翻訳で紹介され、話題を読んだアメリカの作家、エイミー・ベンダーの『燃えるスカートの少女』の収録作「思い出す人」と響きあっているような歌だ。エイミー・ベンダーにこの歌集の感想をきいてみたいような気もする。

藤本は、翻訳家で法政大学社会学部教授の金原瑞人の創作ゼミに通い（金原の創作ゼミは『イリヤの空、ＵＦＯの夏』で知られる秋山瑞人などたくさんの作家を輩出している）、金原に短歌創作を薦められ、二年間で二千首以上の歌をつくったのだという。『オーロラのお針子』はおそらくその二年間の歌からまとめられたものなのであろう、穂村弘や雪舟えまの影響の色濃い習作もかなり入っており、玉石混淆の感もある。しかし、それでも藤本玲未の歌はもっと読まれていい。なぜなら、もうすでに歌集にはこんな歌があるからだ。

破裂した苺のようにまだ熱い処女膜を縫う老いた指先

幻想的でありながら、苦しい体感が貼り付いている、それが美しい。この作者と、作者の未来を信用したくなる。次の歌集で彼女があたらしいステージに進む前に、『オーロラのお針子』を読んでおくべきである、薦めたい。

ゆきみちで銀河鉄道読むきみはポケットに二十世紀をいれた
秋茜とまる薄を踏み分けてわたしの鬼よこちらにおいで
肉体の透ける間にたましいが月で養殖されるのを待つ
これ以上あなたなしではいられない生まれる前の村を燃やして
破裂した苺のようにまだ熱い処女膜を縫う老いた指先
ひそやかに頬ずりをしたわたしたち青く放電したらいっしょね
あのひとの瞼に針を差すときの北極星のようなさみしさ
野薔薇って呼ばれてふたりふりかえる白熱灯の地下の廊下で
舌にふる蜜おだやかな夜の浴室にあなたの少年である
蛇行する川のほとりで抱きあった姉妹の腿をしたたる光

『体温と雨』

木下こう

昏れやすきあなたの部屋の
手と手には体温と雨　往来にさみしくひかるいくつかの傘

きのした・こう　三重県在住。「未来」短歌会入会（現在は退会）。二〇一一年度未来年間賞受賞。二〇一四年に刊行された『体温と雨』は、私家版として二〇一九年に牛隆佑の手で再刊されている。

「手と手には体温と雨」――大別するとふたつの解釈が可能だと思う。
①片手には傘を持ち、もう片方の手は誰かと手を繋いでいる。
②両手で傘の柄を握っており、雨の冷たさとみずからの手の冷たさを感じている。
①の場合の「体温」は手を繋いでいる（自分ではない）誰かの体温であり、②の場合なら「体温」とはみずからの「体温」である。

どちらが正解か？　たぶんどちらも正解である。

すっきりしなくて嫌だなあ、と思う人にはこの歌集は向いていないかもしれない。けれどそれでやめるのは正直もったいない。はっきり情景や背景がわかる歌しか読まないのでは短歌の半分くらいしか楽しめていないことになる、せっかくこの本を手にとって短歌を読もうという気持ちになっているのなら、ちょっと立ち止まってほしいところだ。

これはあまりいっている人がいない秘密なのだが、ここでこっそり伝えておくと、小

説に、純文学や推理小説、ファンタジーや官能小説、ボーイズラブやハードボイルドがあるように、実は短歌にもジャンルや傾向が存在する。ただ何が不便かというと短歌は小説ほど市場のパイが大きくないので読者にそれが伝わるようにパッケージングされていない。だからAという歌集を読んで短歌をおもしろくないと思ってもBという歌集を読んで短歌に目覚めることも十分ありうる。推理小説だと思ったら純文学だとか、その逆だとか、そういった不幸な事故は往々にして起こる（余裕ができたらそういうアクシデントも楽しんでほしい）。いろんなジャンルの小説を読めたら読書のたのしみが広がるのと同じ、短歌もいろんなジャンルに触れてみれば読書の幅が広がる可能性がある。

春の夜にでかけてゆけばみつけさう羽根の尖つたやさしきものを

慣れとコツ。「羽根の尖つたやさしきもの」はたとえば小鳥かもしれないし天使かもしれない。なんなら好みのどちらかに断定してもいい。作者は教えてくれないので好きに読めばいい＝読むことができる。

春泥をあなたが踏むとあなたから遠くの水があふれだします

すこし応用編になる。「あなた」は人ではないかもしれない（＝「遠くの水があふれだします」）。そしてもうひとつ、「あなた」には人以外にも、あなた＝彼方＝遠くに存在し

『体温と雨』　木下こう

ているものをさす指示語の用法もある。すると、そもそもふたつの「あなた」は同じ「あなた」ではないのかもしれない。どう捉えればいいだろう？　このクイズに答えられた人は相当頭がいい。その解釈でたのしめればオーケー。ただ、ほとんどの人は答えを見つけられないと思う。それが正解。この歌はクイズではないから正解はない。この歌の正解は、この歌を読んで頭を動かしたあなたの脳の想像力そのもの、つまり脳がやわらかくなってこの歌のニュアンスを感じとれた部分が正解なのである。

ポケットを裏がへすやうにあなたからゆめのはなしを始めてください

というわけで、作者もあなたの回答を待っている。とくに誰かに伝える必要はないけれど、「ゆめのはなし」の解釈は無限にあってもいい。むろんあなたの解釈も、である。

こういったやわらかな謎がもたらす抒情が好みの方には、

そこにいるのは月ね、と言って拳から指をいっぽんいっぽん起こす　山下泉

夢のすべてが南へかえりおえたころまばたきをする冬の翼よ　正岡豊

野ばらには野ばらの言ひ分　わたくしは膝をかかへてねむつたままだ　山崎郁子

たいせつなひとにはぐれてきたような色をひろげて横たわる裸婦

小林久美子

まだまだ世界が広がっていることをお伝えしておこう。

春泥をあなたが踏むとあなたから遠くの水があふれだします

はなびらの踏まれてあればすきとほり昼ふる雨の柩と思ふよ

梳かれつつわかれゆく髪はつなつの白きそびらを三角洲《デルタ》にかへて

昏れやすきあなたの部屋の絵の中にすこし下がるとわたしが映る

しののめは水の匂ひに満ちてゐて千の喉《のみど》を森はひそめし

木の匂ひつよくただよふ火を越えてわたしの指は古びてゆけり

輪のやうなゆふぐれがきて既視感のうすやみに子の手を握りたり

リリィリリリィ　そのあをみうすく哀しく生きぬくための残酷を問ふ

路傍《みちばた》にしやがみて犬を撫づるとき秋をひとつの胡桃と思ふ

食卓のトマトつめたくしたたりぬ軽羅にあはく蔓をひろげて

『蓮喰ひ人の日記』

黒瀬珂瀾

吾など誰でもいい

くろせ・からん　一九七七年、大阪府生まれ。十三歳で作歌を始める。中高生向け短歌誌「白い鳥」を経て「中部短歌」で春日井建に師事。第一歌集『黒耀宮』でながらみ書房出版賞受賞。「未来」選者。

イギリス歌日記十三ヵ月、と帯に記されている。二〇一一年の二月から二〇一二年三月までの歌日記である。

母国から離れて受けとった東日本大震災の報、近隣の国や身近で発生するテロや暴動。多民族が集う土地に住まう難しさと豊かさ。それらが一首一首の歌のほぼすべてに付された日付付きの詞書とともに浮かびあがってくる。共和党の歴史的敗北、アイルランド最大の祝祭St. Patrick's Day、記念朗読会にノーベル賞詩人のシェイマス・ヒーニー。在英日本人用のネット掲示板「MixB」、ロンドン三越。MCMエキスポ（イギリス最大のオタクイベント）、ウィンブルドンで錦織圭から貰ったサイン。深刻でカラフルな異国での日々。

妻はヴィクトリア&アルバート博物館で働き、黒瀬は「主夫」を励む。子供が生まれた七月以降は急速に日々は「吾児」の育児で埋まっていく。そのなかで読みつがれ、歌のなかにもしのびこんでくるのが、二〇世紀モダニズム文学を代表するジェイムズ・ジョイスの大作小説『ユリシーズ』である。ホメロス『オデュッセイア』の二十年間を

冴えない中年男レオポルド・ブルームのダブリンでの一日になぞらえたこの小説を、黒瀬は約一年かけて『蓮喰ひ人の日記』のなかにさらに織り込んでいく。

2/25 ゴールウェイ大学。この旅の本当のオデュッセウスは、わが妻。

岩肌に針金雀枝のあふれ咲きペネロペイアかキルケかわれは

6/18 「男は意識して子供を作るという意味で父親であったことがない」(『ユリシーズ』)。

6/19 近所のチキン専門店Nando'sで鶏の丸焼き。インド系一家の団欒を眺める。

大家族眺めてねぶる腿の骨かつて否みき父となること

さかのぼること十年以上、黒瀬は耽美的なムード溢れる第一歌集『黒耀宮』でデビューした(二〇〇二年)。サブカルチャーとゲイカルチャーをミックスした美学は歌壇の外からも熱く支持された。

だが、特に興味深いのは、作者が、短歌におけるこうした伝統のみならず、ある種の少女マンガや少女小説——たとえば萩尾望都や大原まり子のそれからも影響をうけているように見える点だ。

そういえば、今でいう「やおい系ボーイズ・ラブ誌」の先駆けのひとつである『小説JUNE《ジュネ》』には蘭精果という名前で短歌が連載されており、時としてはっとさせられる歌が

あったと記憶するが、黒瀬珂瀾の歌もその傍らにあっておかしくないので、現に『黒耀宮』の表紙はマンガ家の竹田やよいのイラストレーションで飾られている。

つまり、黒瀬珂瀾は、昔の歌人たちの耽美的ホモエロティシズムを超え、いわばGenetとJUNEの狭間にさまよい出た歌人なのだ。

（i-mode Critique, 2003.4.8）

浅田彰の絶賛も時代の空気を伝えている。

手詰まりのチェス放置してベッドへと雪崩れる僧正《ビショップ》と騎士《ナイト》のように　松野志保

おなじくゼロ年代に耽美的なボーイズラブ短歌を発表していたのが松野志保である。テン年代に入ると、はっきり〈BL短歌〉という名称を掲げた「共有結晶」という同人誌が登場し、二〇二〇年に「かばん」は「短歌とBL」特集を組んだ。

一方、二〇〇九年に、黒瀬は第二歌集『空庭』で作風を大幅に転換した。そのことを裏切りのように感じた読者も当時は多かったようだ（『空庭』の歌集批評会は荒れに荒れた）。二〇一五年、『蓮喰ひ人の日記』は第三歌集である。

3／5　『ユリシーズ』は最終章「ペネロペイア」。一日の旅は、女の決心で終はる。

わが次の港の雨を思ひをり鶉《クウェイル》の骨噛みくだきつつ

妻と児があれば吾など誰でもいいひかりを諾《うべな》ひ生きゆかむかな

3/26 「yesとあたしは言ったyesいいことよyes」（『ユリシーズ』）。

ペネロペイアは、ギリシャ神話ではオデュッセウスの貞淑な妻。『ユリシーズ』では浮気性のヒロイン、モリーに変奏されている。『蓮喰ひ人の日記』では受動的な夫と能動的な妻として詠まれている。異文化に、異性に、吾児に、向きあう新しい〈性〉としての「父」をこの歌集は描き出すことに成功している。

「有色人種の割合も治安の目安です」有色人種われが立つ此処
紙面より津波は引きて英国風に終はる桜を見送りにけり
ウサーマの射殺を閑かに喜べる街にゐて肯ふだらう野蜜を
「風評」と詠みたる歌をはね退けて朱のほほづきは口に酸きかも
大家族眺めてねぶる腿の骨かつて否みき父となること
首筋をのばして拭ふいくらでも汚《よご》れよ俺が日本語で拭く
汗ばめる髪に苺の香りして児はわが胸をこころみに吸ふ
小さき指さまよひて小さき口腔にまだ着かぬなんと小さき旅だ
夫婦から家族へと旅するわれら乗せむと木馬冬を旅せり
妻と児があれば吾など誰でもいいひかりを諾《うべな》ひ生きゆかむかな

『砂丘律』

千種創一

感情がそっちへ駆けていった、すまない

北へ国境を越えればシリアだが実感はなくジャム塗りたくる
映像がわるいおかげで虐殺の現場のそれが緋鯉にみえる
アラビアに雪降らぬゆえただ一語ثلج《サルジュ》と呼ばれる雪も氷も

ちぐさ・そういち　一九八八年、愛知県生まれ。三井修との出会いを経て「塔」に入会、「外大短歌会」の創立に関わる。同人誌「中東短歌」創刊、連作「ザ・ナイト・ビフォア」で歌壇賞次席。

レバノンに在住している歌人の歌だ。昨今の中東情勢のきびしさのただなかに身を置きながら、前のめりになりすぎず、かといって身を引きすぎるわけでもなく、そのなかで真摯に歌を詠もうという気配が伝わってくる。その生身の記録としての価値もある。千種は「外大短歌会」（東京外国語大学の短歌会）の中心メンバーであり、師の三井修やアラブ首長国連邦で日本語教師として現地の小学校で働いた経験のある齋藤芳生など中東に縁のある歌人たちとともに「中東短歌」という同人誌をつくった経験もある（当初の予告通り三号で終刊）。

抒情とは裏切りだからあれは櫓だ櫻ではない咲かせない

むろん、千種はさまざまに過酷な現実を知っている。そして現実を抒情という美しさでコーティングし、そのなかに身を浸すことは現実への裏切りでもあることも知っている、それは承知しているし、自分を戒めているようにも見える。けれど、千種創一という歌人ほどみずからの感傷を美的に詠むことに長けている人、そしてほとんど羞じらいがないようにすら見える歌をたくさん詠む人はめずらしいとも思う。この手つきには堂園昌彦の影響を感じることもできるかもしれない。そしてこの歌集の魅力はおそらくその「美」＝「抒情」によって「現実」を裏切りかねないこと、その葛藤のただなかにいることをそのままに読者に見せていることにある。

口移しで夏を伝えた　いっぱいな灰皿、開きっぱなしの和英

下がってく水位があって、だめだな、あなたと朝を迎えるたびに

千種の抒情の美質がもっともくっきりと姿をあらわすのは相聞歌である。千種の韻律の特色である「、」（読点）を用いて五七五七七のリズムを崩しながら、話し言葉としてのリズムを回復させ、一度きりのボイス＝たったひとりの相手への言葉、を仄めかせる。

感情は、水のように流れていって、もう戻ってこないもの、のはずなのにシャーペンや人差し指で書き留めた瞬間に、よどんだ湖やまぶしい雪原になる、感情を残すということは、それは、とても畏れるべき行為だ、だから、この歌集が、光の下であなたに何度も読まれて、日焼けして、表紙も折れて、背表紙も割れて、砂のようにぼろぼろになって、いつの日か無になることを願う。

（あとがき）

『砂丘律』は装丁も話題を読んだ。気をつけて扱わなければ、すぐにボロボロになってしまう非常に繊細な装丁であることも、あとがきに「無になることを願う」と書きつけながら歌集を出版することも、極端にナイーブである。その態度や歌の美質はよい意味での「未練」というところにつきる。過去に確実に手の中にあったものが失われたという感触がくりかえしくりかえし歌われる。ひたすらに愛されることを乞うている歌集だと思う。

『砂丘律』のあと、千種は短歌をやめようとしたらしい。

ここ数年、短歌から離れようとした、すると濁流、のような感情に苦しくなって、詩や翻訳にしがみついた、そしてまた短歌へ流れ着いてしまった。

（『千夜曳獏』あとがき）

そして二〇二〇年、第二歌集『千夜曳獏』がうまれた。

とぷとぷとトマトジュースを注ぎつつ僕は獣だ、嘘つく獣　『千夜曳獏』

想念の橋にあなたを歩かせてその歩幅の香りを思い出す　（同）

ここまでいかにもな文学青年的なポーズは現在の短歌シーンでは珍しいし、そのポーズに違和感を抱く人もいるだろう。けれどいかに短歌で抒情するかという問題を考えたとき、千種が突出した位置にいることは間違いがないとも思う。

砂の柱にいつかなりたい　心臓でわかる、やや加速したのが

煙草いりますか、先輩、まだカロリーメイト食って生きてるんすか

口移しで夏を伝えた　いっぱいな灰皿、開きっぱなしの和英

紫陽花の　こころにけもの道がありそこでいまだに君をみかける

手に負えない白馬のような感情がそっちへ駆けていった、すまない

僕たちは狂気の沙汰だ　鍵は落ちて雪の深さへ埋まっていった

修辞とは鎧ではない　弓ひけばそのための筋《きん》、そのための骨《こつ》

金魚のように重ねて鍵を置くときに半同棲の脆さをおもう

下がってく水位があって、だめだな、あなたと朝を迎えるたびに

指こそは悪の根源　何度でも一本の冬ばらが摘まれて

『かなしき玩具譚』

野口あや子

わたしはマカロンみたいに生きる

のぐち・あやこ　一九八七年、岐阜県生まれ。「セロファンの鞄」で短歌研究新人賞次席。「未来」短歌会に入会。加藤治郎らに師事。AI歌人へのアドバイザー、『ホスト万葉集』選者などで活躍。

野口あや子は十五歳で作歌をはじめ、高校在学中に「カシスドロップ」で第四十九回短歌研究新人賞を受賞、第一歌集『くびすじの欠片』で現代歌人協会賞を受賞した。おなじく十代で新人賞を受賞した小島なおとともに歌壇で熱烈に歓迎された。二〇〇四年に、綿矢りさと金原ひとみが芥川賞を同時受賞し大騒ぎになったが、あのお祭りからスケールは異なるが歌壇バージョンを想像していただければ当時の雰囲気は伝わるかと思う。この比喩を使うなら、綿矢りさのポジションが小島なお、金原ひとみが野口あや子といえようか。

　野口あや子の基本姿勢は、

やは肌のあつき血潮にふれも見でさびしからずや道を説く君　与謝野晶子

に通じている。とはいえ、いま読みなおしてみると『くびすじの欠片』はまだまだおとなしい。しかし表題歌である、

くびすじをすきといわれたその日からくびすじはそらしかたをおぼえる

『くびすじの欠片』

にはすでに野口の原理的な選択があらわれている。客体化されることによる主体の獲得である。

第三歌集のタイトル『かなしき玩具譚』とはもちろん石川啄木の『悲しき玩具』のもじりだろうが、『かなしき玩具譚』は「悲し」＝「愛し」をかけているようでもある。「かなしき玩具」とは何かといえば、

大丈夫、を何度届けたか知らず　ますらおにつく絵文字の花も

ばりばりの僕の残滓もそのままに眠ってしまうわがこいびとよ

ふっさりとあったかくってどうかいましっぽに無限の表現力を

ぐわざりん　筋違いなる相聞をそのままにして縫いおわりたる

それぞれ順に「携帯電話」「マスカラ」「おしゃれキャット」「ミシン」という章に収

録された歌である。それを踏まえて読みかえしてみてほしい。これらの歌は「携帯電話」「マスカラ」「おしゃれキャット」「ミシン」《を》詠んだというよりも「携帯電話」やその他《として》詠んだのではないかと考えられる。「かなしき玩具」とは「携帯電話」「マスカラ」「おしゃれキャット」「ミシン」であり、またそれを主体として読み替えて歌を詠んでいる「わたし」のことなのである。また、すべてがの歌が客体側から詠まれているわけではなく、主体と客体をいったりきたりしながら詠まれている。そのいったりきたりのなかにいるしかない「かなしみ」を読者に託している、そういう仕組みの歌集なのである。

まっくろなふさふさにあてるブラシもてあなたの闇を引き延ばす
さらに

ビューラーの金属光は相聞の拷問器具になりにけるかも

だまにならぬように楚々ととかしたる周到な恋はおそろしきかな

「マスカラ」の章から引いた。見ること―見られること、その誇りと苦しみのなかから引き裂かれるように歌はつくられている。それは「客体」であるというジェンダーを負わされた「女性」であることと等しく、その業を背負いなおすという姿勢が野口の短歌

のあり方である。

――「かなしき玩具」の言い分は、こうだ（「あとがき」より）。

真実とか誠意とか、お金とか地位とか能力とか体力とかで世界は成り立っていて、ケーキがなくてもわたしたちは生きていけるけれど、ケーキがない世界よりケーキがある世界をわたしは選びたいと思います。なぜってケーキはかわいいから。かわいくちっぽけなケーキたちは真夜中のショーケースで、フォークをつき刺してくるわたしたちへの反撃を、ささやきあっているはずだから。

するまえに検索をして一番上にでてくる名前で抱きしめていて
苺ジャム、こんなにおいしいものはない　あなたの髪に塗ってあげたい
頑張ってる女の子とか辛いからわたしはマカロンみたいに生きる
醜さをわらうこころは内臓へ流されていくサファイアのごと
処女地なるわが犯罪歴きらきらと履歴書にその記載欄なし
神経をゆびのさきまで塗り込んでひらく　もとから弱者であった
自己批判に金玉がない　そのことを教養などと言っているなり
そこそこに頭の回るひとの意見に「モテないけどね」を付けたして、殺る
あれは星、あれは悪意とおもう夜の発泡酒など選びておりぬ
情念をすべて均しててのひらにつま、と小さく畳まれるべし

『人魚』

染野太朗

怒りのみ濡れていく

そめの・たろう　一九七七年、茨城県生まれ。高校在学中から作歌を始め、「まひる野」入会、第一歌集『あの日の海』で日本歌人クラブ新人賞、第二歌集『人魚』で福岡市文学賞受賞。笹井宏之賞選考委員。

教壇に黒板消しを拾い上げおまえも死ねと言ってしまいぬ

父を今日も怒鳴りつけたり今日父は炊飯釜をぼくに投げたり

違憲だ、違憲だ。渋谷から戻ってあなたの中に二度射精した

『人魚』は暴力の歌集である。

一首目は、学校で、生徒相手に。二首目は、家で、父親に。三首目は、おそらく、不倫相手に。

癒しを得られる逃げ場などどこにもなく、ひたすらに苦しい。引用した歌はかなり直接的に暴力を詠んでいるが、実際には、心のなかで己の暴力衝動に耐え、耐えようとしている姿を詠んで歌にして届けることで読者からも逃げ場を奪おうとする。

他者への暴力のみならず自身への暴力も詠みこまれている。むしろ後者の印象が強い。

怒りにて冷えた身体を浴槽に沈める　怒りのみ濡れていく

感情がなければいいなひとりだな便器摑んで吐くこの朝も

こわい歌集である。こういった凄まじい歌が歌集のトーンを支配している。そのなかにいると、こちらまで些細な感情の揺れうごきにつられて敏感になり、他のいろんな歌もおそろしくなってくる。

紙コップに注《つ》いでもいいか泡の量が見えないけれどほんとにいいか

花見で、おそらくビールを相手の紙コップに注ごうとしている場面である。泡の量でコップの縁が見えなくなるからこぼれてしまうかもしれない、手や衣服などが汚れてしまうかもしれない、そういう危惧をあらわしていると読むこともできる。けれど、これは一首全体が比喩で、相手に自分の感情をぶつけても大丈夫なのかと問うているのだと思う。自分の輪郭を自分自身でもつかみきれない。それほどにあふれだす感情はもはや自分自身でも制御することができない（＝「泡の量が見えない」）。けれど、それでも受け止めてくれるかという切実な問いかけなのである。「ほんとにいいか」には相手に質問

しつつ、同時に自分自身に相手にそんなことを質問する甘えを許していいのかと問いかえしている苦しさもこめられている。

尾鰭つかみ浴槽の縁《ふち》に叩きつけ人魚を放つ　仰向けに浮く

尾鰭つかみ人魚を掲ぐ　死ののちも眼《め》は濡れながらぼくを映さず

この歌集はリアリズム（＝現実の光景をほぼそのまま詠んでいる）の歌集であるにもかかわらず、突然「人魚」の歌があらわれ、しかもそれが歌集のタイトルになっている。奇妙にも思えるが、不倫相手への感情を詠んだと解釈できる「人魚」の歌のあと、この相手への感情を詠んだ歌は歌集のなかでおそらくリアリズムを超えてオーバーヒートしていく。

君の手が今まで触れてきたもののすべてに触れなければならない

君の手の触れたすべてに触れたあとこの手で君を殴りつづける

性欲と暴力衝動と感情が結びついた暗く低い声に、深いところで読者は殴られつづける。けれど不思議と作者への嫌悪感はあまり沸いてこない。世界や読者を殴る前に、自

分自身をいちばん傷めつけているのだろうということが同時に深く伝わってくる声だからである。自分も読者も欺かずに自身の醜い面を覗きこみつづけることはしんどくもあるだろうが、読後にその感情を共有して吐ききった安堵感を得ることもできる、重厚な歌集である。

怖れから怒りへ不意に転じたるこの感情もわたしのごとし

福嶋を原発野郎と笑う生徒を叱ることさえうまくできない
あなたへとことばを棄てたまっ白な壁に囲まれ唾を飛ばして
夕焼けに手を振るような恥ずかしさ君が欲しいと強く思えば
怒りにて冷えた身体を浴槽に沈める　怒りのみ濡れていく
海を見に行きたかったなよろこびも怒りも捨てて君だけ連れて
さびしさに濃淡がありぎんなんのにおいの中を蕎麦屋まで行く
待ちたくて待っているのに夜の窓に映った顔のこの醜さは
感情がなければいいなひとりだな便器摑んで吐くこの朝も
夕焼けは膨らみつづけ目の奥の青い花瓶を今日も倒した
「この子の成績をどこまで上げてくれるんですか」まさか詩なのか

『人の道、死ぬと町』

斉藤斎藤

さいとう・さいとう　一九七二年、東京都生まれ。「短歌人」編集委員。連作「ちから、ちから」で歌葉新人賞受賞。第一歌集『渡辺のわたし』はBookParkから刊行された後、二〇一六年に新装版刊行。

わたしたちに背負えと公式に言うか

お名前何とおっしゃいましたっけと言われ斉藤としては斉藤とする　『渡辺のわたし』

「斉藤斎藤」は本人によればペンネームではなく本名である。そんなはずないと思う人が九九％だと思うが、本人は頑としてその主張を譲らない。そして引用した歌は第一歌集『渡辺のわたし』の巻頭歌である。「斉藤としては斉藤とする」。名前は所与のものだが、それをもう一度引き受けなおす、理路整然とした頑固さが見える。そして「渡辺」といえば日本人に多い名字ランキングに必ず入ってくる名字である。食えない。どこか匿名性あるいは一般性をにおわせているようでありながら「斉藤斎藤」を譲らない、そして短歌で斎藤といえば「齋藤茂吉」である。

「わたしって足りない人じゃないですか」（a）足りている（b）足りていない　（同）

短歌へのメタ目線、斜に構えたポーズ。憧れる人も真似する人も多かった。そして短歌実作のみならず、斉藤斎藤はポストニューウェーブ短歌の理論的先導者でもあった（評論集の刊行を待ち望む読者も多いだろう）。ポストニューウェーブの傾向を（やや強引ながら）一言でまとめると「〈特別〉から〈ふつう〉へ」である。穂村弘『手紙魔まみ、夏の引越し（ウサギ連れ）』から宇都宮敦「牛乳が逆からあいていて笑う　ふつうの女のコをふつうに好きだ」へ。前衛短歌を踏まえてポップ化したニューウェーブからポストニューウェーブへ変化したとき回帰したのは近代短歌であった。〈ふつう〉であることこそが〈特別〉であるかけがえのない〈私性〉へ。

斉藤斎藤の短歌が原理的な変化をむかえたのは二〇〇七年「今だから、宅間守」という連作からだ（第二歌集『人の道、死ぬと町』には二〇〇四年から二〇一五年に制作された短歌が収録されている）。この連作の中心に据えられたのは大阪教育大学附属池田小学校無差別殺傷事件の犯人、宅間守である。ゼロ年代短歌は非正規雇用的社会側面を肯定的に描くことも多かったが（とくに永井祐）、反転させたネガ的ゼロ年代の側面には宅間守がいる。それを引き受けた連作が「今だから、宅間守」だ。この連作は歌の周囲を膨大な詞書が覆っている。詞書は宅間守本人の言葉や事件周辺の人物の言葉の膨大な引用である。

人を殺す自由はあると思いたい　ことばの上でかまわないから

殺される自由はあると思いたい　こころのようにほたる降る夜

詞書の引用に囲まれて、斉藤の歌は居づらそうだ。かけがえのない〈ふつう〉の〈私〉という当事者視点的方法論から、宅間守という〈他者〉を詠むことが本来無理筋であるからだ。膨大な引用はそのための苦しまぎれの解決策だったように思える。この後「人体の不思議議展（Ver4.1）」や「ここはシベリアのように寒いね」など他者や社会を詞書と絡めて発表しているが、決定的な転機となったのは二〇一一年の東日本大震災だったようだ。この歌集は「私の当事者は私だけ、しかし」という評論が巻半ばで収録されている。

私の死は詠えないとして、それでは短歌は、他人の死をどう詠うだろうか。

成員の死を悼む共同体の作法があり、挽歌という形式に則ることができた頃、私たちは後ろめたさを必要としなかった。しかし「写生」である。私の目に見えるあなたの死を、私の生の側から写したら、味噌汁〔引用者注：この前に〈味噌汁は尊かりけりうつせみのこの世の限り飲まむとおもへば　齋藤茂吉〉が引用されている〕のように尊くなってしまった。あなたの不在を私は、私の喪失感としてしか、悲しみのありがたみとしてしか、書くことができなかった。いい気なものだ、という声がした。

この論に対する斉藤自身の回答が「広島復興大博覧会展」と「棺、「棺」」というふたつの連作であると捉えることができるだろう。「広島復興大博覧会展」は「今だから、

宅間守」「人体の不思議展（Ver4.1）」を発展させた完全型である。〈他者〉を書くには〈他者〉の言葉をもって語るしかない。この連作に斉藤自身の言葉はほとんどない、そのコラージュを行った〈私〉が申し訳なさそうに息をしているだけだ。「広島復興大博覧会展」が（無数のかけがえのない〈私〉の死が含まれるとはいえ）パブリック＝社会的な連作だったとすれば、「棺、「棺」」はプライベートな連作である。笹井宏之の死を悼むこの連作は無記名の歌はすべて笹井の歌である（斉藤含む他歌人の歌は記名）。そして今度は詞書に斉藤の短歌の形をとらない言葉が描かれている、つまり歌＝主、詞書＝客／従を逆転させている。ポストニューウェーブ短歌折り返しのリミットの歌集となった。

信号は赤になっても錆びていた　お茶本来のほのかな甘み

紅生姜入れに紅生姜詰め込んでるあんな教育をうけたくせに

自民党には誰も投票しなかった私の読者を誇りにおもう

「あいりは二度殺された」などと言う権利は父にもないなどと言う権利

どのレジに並ぼうかいいえ眠りに落ちるのは順番にではない

病名がついて安心したような作者が最もよくしゃべる会

撮ってたらそこまで来てあっという間で死ぬかと思ってほんとうに死ぬ

フクシマが鎮もればそこには岩が置かれるだろう　何と彫りますか？

メルトダウンに最も近いパチンコ屋で浜崎あゆみを2千円打つ

わたしたちに原爆を投下した過ちをもわたしたちに背負えと公式に言うか

コラム

前衛短歌

前衛短歌とは、第二芸術論に急襲された近代短歌の弱点を克服・応対するかたちで生み出された作品群のことである、とわたしは考えている。

まず、第二芸術論とは、戦後に起こった短歌（そして俳句）否定論である。評論家の桑原武夫「短歌の運命」（近代化した精神をあらわすのに三十一文字では足りずその矛盾によって短歌は民衆から見捨てられるであろうという視点）や、詩人の小野十三郎「奴隷の韻律」（三十一文字の音量の底を流れるでれでれとした詠嘆は奴隷のリリシズムであるという批判）が有名である。他ジャンルが目の敵のように当時短歌を叩いていたのは敗戦のトラウマを伝統詩に投影していたからだと考えられるが、おなじく敗戦を経験した歌人たちは反発しつつもこれからの短歌の行く末を考え、どこかで第二芸術論を意識せざるを得なくなった。

メスのもとひらかれてゆく過去がありわが胎児らは闇に蹴り合ふ　中城ふみ子

海を知らぬ少女の前に麦藁帽のわれは両手をひろげていたり　寺山修司

まず編集者・中井英夫のプロデュースによって登場したのが中城ふみ子と寺山修司である（中井英夫は前衛短歌の影の立役者としてもっとも活躍したひとりである）。中城の大胆な自己劇化は賛否両論おおきな話題となり後進の歌人たちに大きな影響を及ぼした。寺山修司はすでに俳句の天才少年として名高かったが、その清新なイメージ喚起力と〈私性〉へのノーの突き付け方が鮮やかだった。

革命歌作詞家に凭りかかられてすこしづつ液化してゆくピアノ　塚本邦雄

日本脱出したし　皇帝ペンギンも皇帝ペンギン飼育係りも　（同）

カフカ忌の無人郵便局灼けて頼信紙のうすみどりの格子　（同）

前衛短歌を代表する歌人をひとり選ぶならまず塚本邦雄ということになるだろう。「革命歌」の歌は韻律革新としてもっとも有名な歌のひとつで、「かくめいか（5）／さくしかに　より（7）／かかられて（5）／すこしづつ　えきか（7）／してゆくぴあの（7）」と分解するとぴったり三十一文字にもかかわらず五七五七七のリズムからは単語の意味上は分離している、現代歌人はもうみな当たり前に使っている「句跨がり」という手法である。塚本はこの手法をはじめさまざまな短歌韻律の可能性を実験し、その大部分は現代短歌の共通財産となっている。また天皇を皇帝ペンギンに見立てた「日本脱出したし」の痛烈な戦後日本社会への批判、「カフカ忌」に代表されるような無意味と片づけられることさえある強烈な美意識に根ざした言語遊戯など、戦後短歌随一の革新者であった。

海こえてかなしき婚をあせりたる権力のやわらかき部分見ゆ　岡井隆

童貞のするどき指に房もげば葡萄のみどりしたたるばかり　春口井建

他界より眺めてあらばしづかなる的となるべきゆふぐれの水　葛原妙子

硝子街に睫毛睫毛のまばたけりこのままにして霜は降りこよ　浜田到

岡井隆はアララギ系気鋭の若手歌人であったが塚本に接近、盟友となり、身体感覚と社会派意識が絡みあった独自の境地に至った。春日井建は絢爛とした同性愛的美意識を歌いあげた歌集『未青年』を三島由紀夫に「われわれは一人の若い定家をもつた」と激賞された。葛原妙子は難解派として批判されたがやがて「幻視の女王」と呼ばれるようになりその世界観は高く評価されるようになった。ライナー・マリア・リルケに傾倒し、別の名義で詩作もおこなっていた浜田到の痛いくらいに透明な抒情は人々を魅了した。

前衛短歌のはじまりは戦後一九五〇年代中盤以降と言っていいと思うが、どの時期まで、どの歌人までを入れるかという区分は非常にむずかしい。前衛短歌のバックにいたのは中井英夫ひとりではなく、冨士田元彦、菱川善夫など幾人もいるし意見もちがい、また歌人どうしの意見もちがう。一九七〇年代の終わりという説もあるが、するど前衛短歌とニューウェーブとさほど時間のへだたりはないようにも思える。それだけ前衛短歌が歌壇で覇権をとっていた時間が長かったといえるかもしれない。

七〇年代終わりまでに登場した歌人（前述のように必ずしも前衛短歌と呼ぶことはできないか

もしれないが影響の大きかった歌人）の歌を紹介する。

白きうさぎ雪の山より出でて来て殺されたれば眼《め》を開き居り　齋藤史
紫の葡萄を搬ぶ舟にして夜を風説のごとく発ちゆく　安永蕗子
いづくより生れ降る雪運河ゆきわれらに薄きたましひの鞘　山中智恵子
疾風に逆ひとべる声の下軽羅を干して軽羅の少女　相良宏
夕闇にまぎれて村に近づけば盗賊のごとくわれは華やぐ　前登志夫
意志表示せまり声なきこえを背にただ掌の中にマッチ擦るのみ　岸上大作

ただ、ここで一気にニューウェーブまで繋いでしまうと、七〇年代～八〇年代に登場し、女性短歌の再考を試みた歌人たちが見えなくなってしまうので注意が必要だ。

たとへば君　ガサッと落葉すくふやうに私をさらつて行つてはくれぬか　河野裕子
調べより疲れ重たく戻る真夜怒りのごとく生理はじまる　道浦母都子
卵巣を吊りて歩めるおんならよ風に竹群の竹は声あぐ　阿木津英
逝く父をとほくおもへる耳底にさくらながれてながれてやまぬ　永井陽子
君の髪に十指差しこみ引きよせる時雨《しぐれ》の音の束のごときを　松平盟子
観覧車回れよ回れ想ひ出は君には一日《ひとひ》我には一生《ひとよ》　栗木京子

2016

『永遠でないほうの火』

井上法子

月を洗えば月のにおいにさいなまれ

いのうえ・のりこ　一九九〇年、福島県生まれ。塚本邦雄の短歌に触れて作歌を始める。福島県文学賞奨励賞受賞（詩部門）。「早稲田短歌会」入会、「永遠でないほうの火」で短歌研究新人賞次席。

『永遠でないほうの火』は、水の歌集である（その意味ではエピグラフに引用されているモーリス・ブランショというよりもガストン・バシュラール的な歌集である）。

みずうみと海とがあった輝きのゆたかな抱擁を知っていた
月を洗えば月のにおいにさいなまれ夏のすべての雨うつくしい
それぞれの影を濡らしてわたしたち雨だった、こんな雨だった

とくに二首目の「月を洗えば」はこの歌集のなかのベストのひとつ。
みずうみ、海、雨。さらに、波、渚、舟、泡、潮騒、魚、水槽、氷雨、汚水、川べり、プール、水門、海道、驟雨、涙、水音、濃霧、小雨、液体、雨季、沈む、漕ぐ、澄む、浮かぶ、汲む。さらにいうなら、氷柱、畔、くらげ、崖、座礁、箱船、スープ、泣き虫、

人魚、水晶、シャボン玉、ミキサー、岸、膜、ウミヘビ、蜃気楼、航路、霧笛、鍋、淡雪、夏、青、日照雨《そばえ》、沁み透る、降ってくる、あふれる、ゆがく、煮る。つまり、井上の歌は水のイメージで織りなされた「和歌」なのである。『古今集』以降、とくに縁語、枕詞、掛詞、本歌取りの現代版アレンジ。

もちろんこの路線の先達といえば前衛短歌である。井上は高校生のときに塚本邦雄の短歌と出会い、歌作をはじめている。ただし、『永遠でないほうの火』の語法は前衛短歌のなかでも塚本というよりも語の跳躍を得意とした山中智恵子に近い（この指摘は穂村弘に依る）。

さらに、井上法子は現代詩の作者でもある。

水晶をけずったような対話だね　まばゆい夏の岸を離れて
〈おかえり〉がすき　待たされて金色のとおい即位に目をつむるのさ

たとえばこういった歌はとても近代短歌のモードで読みとくことはできない。それゆえに、井上が現代詩の作者でもあると知った一部の読者はよろこぶだろう。読解を放棄して「現代詩的」と片づけて隅に放置しておけばよいのだから。しかし数十年続いているこの悪しき慣習は可及的すみやかに廃止すべきである。端的に短歌表現の可能性の幅を狭めている大きな要因であるし、だいたい現代詩のほうでもいい加減いい迷惑だろう。

実際にこういった短歌が発表されているのだから「（近代）短歌的ではない」と退けるよりも読解のモードを広げていくほうがよっぽど建設的ではないか。

煮えたぎる鍋を見すえて　だいじょうぶ　これは永遠でないほうの火

さて、『永遠でないほうの火』は水の歌集だと書いたが、歌集タイトルの表題歌もまた「煮えたぎる」という水に近親的なイメージからはじまる。

こんなにつめたくってもするんだね火傷　こころの海が荒れる
否、凪ぐ
水を汲むように炎を組みあげる液体でないのだほんとうは海は

水で織りあげられた世界で火はしばしばおそろしい侵入者として描かれる（もともとの水と火のイメージを背後にうすく引きずりながら）。「だいじょうぶ」、と心を落ち着けるのは、作者にとって「火（の喩で描かれるもの）」がおそろしい他者だからだろう。「永遠の火」がやってきたら、この世界は滅ぼされてしまうかもしれない。敬虔なおそれがここにはある。

日々は泡　記憶はなつかしい炉にくべる薪　愛はたくさんの火

日々は泡、泡＝水の生活（当然ここには掛詞的にボリス・ヴィアンの小説『日々の泡』が反響している）のなかで、火＝愛の到来をおそれながら待つこと。シモーヌ・ヴェイユ的でもある、と付け加えることもできそうだ。

もうずっとあかるいままのにんげんのとおくて淡い無二のふるさと
いえそれは、信号、それは蜃気楼、季節をこばむ永久のまばたき
月を洗えば月のにおいにさいなまれ夏のすべての雨うつくしい
葉月尽いとしいひととふるさとと青には青の挨拶がある
よくねむる病気になってさみしくて睦月おかえりなさい。花野へ
期待されてつらかったね蕾　泣かないように春雷を蒔く
もうこんな透明な傘ささないで、こころの真冬のやまいよこしな
〈おかえり〉がすき　待たされて金色のとおい即位に目をつむるのさ
ふいに雨　そう、運命はつまずいて、翡翠のようにかみさまはひとり
冬の影　わたしのあとで肯いてきみが革命を語ればいいいさ

『キリンの子　鳥居歌集』

鳥居
しかし今生き抜くために

とりい　三重県生まれ。掌編小説で路上文学賞大賞受賞。中城ふみ子賞候補などを経て、第一歌集を刊行、現代歌人協会賞受賞。「虹色短歌会」などを開催。

短歌ほど作者の私生活をさらけだす文芸は他にない。たとえば、離婚も癌も妊娠も、歌に詠まれていて作者の実体験ではないケースを探すことのほうがむずかしい。とくにここ十年ほどはその傾向が強く（東日本大震災以降の当事者性にまつわる議論）、二〇一四年には第五十七回短歌研究新人賞を受賞した石井僚一の父の死を悼んだ連作「父親のような雨に打たれて」をめぐって虚構問題論争が起きた。受賞後、石井の父は生きており、「死のまぎわの祖父をみとる父の姿と、自分自身の父への思いを重ねた」と北海道新聞のインタビューで明かし、それを知った短歌研究新人賞の選考委員のひとりである加藤治郎が「虚構の議論へ　第五十七回短歌研究新人賞受賞作に寄せて」と題した文章で石井の作歌態度への疑義を呈したことから騒動が起こった。他のジャンルであればまずありえないことだと思うが、近年の歌壇の傾向を炙りだした事件であるともいえる。しかしながら逆に考えれば、それだけ、短歌において素材としての人生は優先されているということにもなる。

二〇一六年、『キリンの子　鳥居歌集』が発売された。帯文、作者プロフィール、吉川

宏志による解説で、鳥居の壮絶な人生が明かされている（歌集の副読本ともいえる岩岡千景によるノンフィクション『セーラー服の歌人　鳥居　拾った新聞で字を覚えたホームレス少女の物語』も発売された）。母子家庭で育つも、小学五年生のときに母親が目の前で自殺し、養護施設に入るが虐待され、中学校での義務教育を受けられず、ホームレス生活も体験し、新聞で漢字を覚えた。セーラー服を着て活動しているのは「すべての人に教育が保障されるように訴えるため」だという。

鳥居の売り出し方やキャラクターを胡散臭いと敬遠する人も多い。しかしながら、歌壇が素材としての人生を優先しているなら、むしろ鳥居のあり方は正攻法だといわざるを得ない（また翌年には、中学生のときいじめを受け、その苦しみを短歌に昇華してなんとか生き抜き非正規雇用で働いていたが自死した萩原慎一郎の歌集『滑走路』が発売され、『キリンの子』を超えてヒットし、二〇二〇年に映画化された）。

『キリンの子』はむろんセンセーショナルな部分で目を引くところも多い歌集だ。さまざまなキャッチコピーに彩られているし、人生の経験を反映しているのだろう、凄惨なシーンを詠んだ歌も多い。

入水後に助けてくれた人たちは「寒い」と話す　夜の浜辺で

友達の破片が線路に落ちていて私とおなじ紺の制服

一方で、それを抜きにしても読ませる歌も鳥居はつくっている。

種さえも切断されるマシーンにて西瓜の赤がまな板濡らす

ゆっくりとうすく光を引き伸ばし銀のひかりで切るセロテープ

海越えて来るかがやきのひと粒の光源として春のみつばち

凄惨な体験を詠みこんだわけではない秀歌を鳥居がすでにつくっていることに注目しておかなければならないだろう。第二歌集はまだ刊行されていないが、短歌総合誌に発表されている鳥居の歌は急速に巧くなっている。

そもそも不可思議な鳥居というペンネームは、「現実と非現実、二つの世界の境界を越え、自由に行き来できるような力を短歌に宿したい」という意味も込められているのだという。

ほんとうの名前を持つゆえこの猫はどんな名で呼ばれても振り向く

そう考えると、「どんな名で呼ばれても振り向く」「ほんとうの名前を持つ」鳥居の根性の入り方は一面的なものでもなさそうだ。鳥居はこれまで「不幸な生い立ちのセー

ラー服歌人」のコスプレをしていたのかもしれない、その可能性がペンネームに込められていることも考えられなくもない。鳥居が現実に立脚していない＝非現実の歌をつくる可能性にも、歌壇は慎重に注意を払わなければならないだろう。『キリンの子』はまさに歌壇の急所＝〈私性〉を撃ち抜いてきたのだから。

入水後に助けてくれた人たちは「寒い」と話す　夜の浜辺で
母の死で薬を知ったしかし今生き抜くために同じ薬のむ
「死に至るまでの経緯」を何べんも吐かされていてこころ壊れる
種さえも切断されるマシーンにて西瓜の赤がまな板濡らす
ゆっくりとうすく光を引き伸ばし銀のひかりで切るセロテープ
副作用に侵されながら米を研ぎ、とぎつつ呻くあの人は母
壊されてから知る　私を抱く母をしずかに家が抱いていたこと
慰めに「勉強など」と人は言う　その勉強がしたかったのです
散りぢりに友乾きゆく踏切に供える花も二年で途絶え
私ではない女の子がふいに来て同じ体の中に居座る

『わたくしが樹木であれば』

岡崎裕美子

四肢はあなたのものになりゆく

おかざき・ゆみこ　一九七六年、山形県生まれ。大学在学中の一九九八年、NHK全国短歌大会で「若い世代賞」受賞。「未来」短歌会に入会、岡井隆に師事。二〇〇五年、第一歌集『発芽』を刊行。

つながったまま運ばれてわたくしの四肢はあなたのものになりゆく

「恋愛の歌ばかり詠んでいる典型的な女性歌人」と思われるのも、分類されるのも嫌だ、という女性歌人は多い。フェミニズムが盛り上がっている現在、とくに増えている（フェミニズムが恋愛を謳歌する女性を否定ばかりするような浅いものなのかどうか、という問題はさておき）。

岡崎裕美子はそんなことは一切気にしていないようだ。一心不乱に男性との恋愛を詠む。詠みつづける。ただ、岡崎の場合は、恋愛、というよりも、性愛というほうが正確だろう。性の匂いのしない恋愛は登場しない。触れられること。抱かれること。複数の男性。年上の男。年下の男。夫。さまざまなベッドシーン。彼女にとって生きることとは、男性に抱かれて自分が「女」であることを感じることだ。それがあたらしいか古いかでいえば、あたらしいものではないだろう。けれどあたらしいかどうかは絶対的な価値ではないし、彼女にとってはどうでもいいことなのだろう。そんなことよりも大切なことがある、と歌集全体が訴えかけてくる。

わたくしが樹木であれば冬の陽にただやすやすと抱かれたものを

かつてわたしたちの前に、棒のごとき裸身ですっくと立った彼女の歌。第一歌集『発芽』の芽は、その後、外側でなく彼女の内側深くへと成長し、自らに裂傷を負わせたかに見える。

岡崎は『発芽』という歌集でデビューした。二〇〇五年、『わたくしが樹木であれば』からさかのぼること十二年前のことである。やはり熱に浮かされたように奔放な性愛歌集だった。けれど、詩人・小池昌代の推薦文にあるように、岡崎の歌の芽は深くみずからのなかにおりていった。

きみといてもどこへも行けないと思いつつ深い森まで連れられてゆく

まだ浅い、まだ浅いからと唱えつつ沼に入りぬ濡れていく皮膚

その先に滝あると人の言うを聞き立ち入り禁止の札を無視する

憑かれたように先へ先へとすすんでいく。それはだれかひとりの男との突きつめた極

地を目指してのことではない。

沼に棲むどれでもいいやつ呼び出して夜の道玄坂を上りぬ
森からは出られるただし新しい森を見つけることができれば

「沼に棲むどれでもいいやつ」「ただし新しい森」――この表現から相手はある程度だれでもいいことがわかる。ただしそれは自分と性交をする男性でなければならない、しかしやはり逆にいうならば自分と性交をする男性ならばだれでもいい。性愛関係にある男なしには自身の存在の輪郭をたしかめられない、そんな脆さはあるけれど、そこにただひとりの伴侶という幻想を彼女は見いださない。父や母を詠んだ歌を中心に、（子どもを）産む／産まない、父・母になる／ならない、というテーマが絡めて頻繁に詠まれている。そして彼女は（子どもを）産まず／（母に）ならない。性愛のための性愛に溺れつづけることを選ぶ。

きみの痕残さぬように清めつつ産まぬからだにまた近づきぬ

性愛の歌の達人といえば、辰巳泰子が思いうかぶ（一九九〇年、『紅い花』にて第三十四回現代歌人協会賞を受賞）。

午後。唇《くち》といふうすき粘膜にてやはく他人の顔とつながる

辰巳泰子

いま一気に首を絞めればあふれ出す双つ体軀《からだ》の海かとおもふ　（同）

辰巳はのちに出産の名歌を詠んだ。それぞれの道がある。

男らは皆戦争に死ねよとて陣痛のきはみわれは憎みゐき　（同）

わたくしが樹木であれば冬の陽にただやすやすと抱かれたものを

階段ですれ違うとき目が合えば　あなたの組織になりたい、はやく

まだ浅い、まだ浅いからと唱えつつ沼に入りぬ濡れていく皮膚

やるならば俺の知らない奴にしてと言われるふいに布団の中で

つながったまま運ばれてわたくしの四肢はあなたのものになりゆく

手を放す瞬間の弓のしなやかさ　誰に言おうか狩りの愉悦を

森からは出られるただし新しい森を見つけることができれば

年下の男の言うを聞いておりわれに子あればこのように聞く

おばさんでごめんねというほんとうはごめんとかないむしろ敬え

きみの痕残さぬように清めつつ産まぬからだにまた近づきぬ

『アネモネ・雨滴』

森島章人

月光と死者は淫らに

もりしま・あきひと　歌人、精神科医、アントナン・アルトーの研究家。一九九九年、第一歌集『月光の揚力』を刊行。「ガニメデ」「イリプス」「鹿首」に寄稿。

稲垣足穂や三島由紀夫や澁澤龍彦が好きな方に。ジャン・ジュネやマルキ・ド・サドが好きな方に。長野まゆみや萩尾望都やＪＵＮＥ小説が好きな方に。あるいは塚本邦雄や葛原妙子が好きな方に。反世界、反写実、耽美的、唯美的な世界観が好きな方に薦めたい「少年歌集」である。

危険なり氷に閉ざせ　抱カルルタビニ光リダス少年ト石

呼び声に振り向けるとき少年の姿はやなし桜狩らるる

紺青の衣をまとふ少年が空をしたがへ地に降りてくる

半眼のほほゑみ腕に悪をなす北の少年朽ちはてにけむ

言葉は絢爛豪華にとりどりに「少年」を装う。抱かれると発光する「少年」、氷に閉ざされる「少年」、桜のなかで姿を消した「少年」、天地を統べる「少年」、微笑みながら悪行を為す「少年」。「少年」という概念の純粋結晶のような「少年」の万華鏡である。

アネモネ領　きみの瞳の奥にあり門ひとつなし北へと続く

　ギリシャ神話に登場する、美と愛の女神アフロディーテと、冥府の女王であり農耕の神ペルセフォネーのふたりから愛された美少年・アドニス。アドニスがアフロディーテの方に愛が傾いていることに嫉妬したペルセフォネーの嫉妬によりアドニスは殺されてしまった。アドニスの死を嘆いたアフロディーテがその血に神酒をかけるとそこから真っ赤な花があらわれた――これがアネモネである。
「アネモネ領」とは「少年」がやがて統べるべき領土、王国だろう。けれどそこへと続く扉は存在しない。「少年」が「王」となるとき「少年」は消える、この歌集の美意識が選択するのは当然ながら「王」ではなく「少年」の方である、よって「アネモネ領」は永久に閉ざされたままだ。

　森島はアントナン・アルトーの研究家でもある。フランスの初期シュルレアリスムのメンバーであり、劇作家、詩人、俳優として活躍したアルトーの代表作のひとつが『ヘリオガバルスまたは載冠せるアナーキスト』である。十四歳でローマ皇帝となった美貌の両性具有的少年でありかつ史上最悪ともいわれる暴君ヘリオガバルスを中心に据えた

本だ。

もしヘリオガバルスが領土の防衛のために血を流さなかったとしても、自分の詩《ポエジー》と思想と
を彼は血で贖《あがな》ったのである

というアルトーの言葉（多田智満子訳）を森島は跋で引用している。

奏でるは黄の花の楽　春われの戸籍もなにも黄色となせり

世界からの逸脱を渇望し、かつ逸脱の方へ読者をも誘惑せんとする歌集である。

現在、こういった趣向の歌は歌壇の流行から外れており、歓迎されているとはいいがたい（塚本邦雄の韻律革新への敬意は残っているがその美意識には冷笑的な傾向があるし、稀有の「少年歌集」である春日井建『未青年』に熱狂する若者は少ない）。けれど「美」を志向する歌が消えてしまったわけではない、というのは記しておかなければならない。

放火魔が季節をえらぶ美しさ霜夜の街へ飛ぶ火炎瓶　中山俊一

歌声が法律である星にたつ死刑のためのボーイソプラノ　安井高志

友の背の褐色の洲にたまる汗渇くわが瀬へおち激《たぎ》つかも

鷺沢朱理

花をくわへてあなたの方へ駆けてゆく一角獣のうしろあし見ゆ

服部真里子

生者も死者も多すぎて苦《くる》し　町抜けて火口湖にたましひの秤置かむ

銅版画に刻める私刑愛棄てて午睡のさなかすこしづつ天使めく

刃《やいば》しろがね宴の肉を切るほどに叶はざりしも悲愁断つこと

夜の背にたれか鞍置く　少年を秋に生まるる弥勒となさむ

手足あれどわが及ばざる　月光と死者は淫らに交はるものを

凍蝶よ時間のなかの滝越ゆる術《すべ》を教へよ　夢までが冬

遺伝子の舟に乗りたる悪童子曾《そう》祖《そ》父《ふ》の腿《もも》花もて撲《う》てる

せせらぎの音にまぎれて踏みしめる体内深ききみの滝まで

逆立ちの少女の脚は凜として夜景の街を左右に分つ

アネモネ領　きみの瞳の奥にあり門ひとつなし北へと続く

2017

『男歌男』

奥田亡羊

男歌の系譜ここにて

おくだ・ぼうよう　一九六七年、京都府生まれ。佐佐木幸綱に出会い、師事。「麦と砲弾」で短歌研究新人賞受賞、第一歌集『亡羊』で現代歌人協会賞受賞。第二歌集『男歌男』で前川佐美雄賞受賞。「心の花」編集委員。

現代は「男歌」の時代ではない。かといって、「女歌」の時代でもない。かつて「男歌」「女歌」と呼ばれていた価値観を精査し、分解し、反省し、それぞれ旧来のジェンダー的価値観を振りかざさずに、真摯に個々の歌を読んでいかなければならない、そういう時代である。その時代に「男歌」を詠まんとする奥田はただしく反動的である。

平身低頭謝っている鼻先で羊羹2ミリ動いたようだ　『亡羊』

兵役につくこともなく三十を過ぎてつまらぬものを殴りぬ　（同）

第二歌集『男歌男』の十年前、奥田は第一歌集『亡羊』を上梓し、現代歌人協会賞を受賞している。跋は師である佐佐木幸綱が書いている。佐佐木幸綱といえば、

なめらかな肌だったっけ若草の妻ときめてたかもしれぬ掌《て》は　佐佐木幸綱

直立せよ一行の詩　陽炎に揺れつつまさに大地さわげる　（同）

戦後、「男歌」を牽引してきた大歌人である。そんな佐佐木は奥田に「男歌」の将来を見た。

新しい「男歌」の可能性に注目する。「男歌」は、このユニセックスの時代にドンキホーテ的位置にあるようだが、そこを逆手にとって、面白うてやがて悲しい「孤独な男」像を本歌集は実現している。
（佐佐木幸綱「跋」『亡羊』）

しかし、佐佐木幸綱にはまず、佐佐木信綱、佐佐木治綱と続く「心の花」を擁する歌人一家である佐佐木家の一員であるという余裕があったし、時代の後押しもあった。

祖父・父・我・我・息子・孫、唱うれば「我」という語の思わぬ軽さ　佐佐木幸綱

「「我」という語の思わぬ軽さ」には男系への傲りとみずからの系譜が続いていくことへの疑いのなさがある。

連載や歌集タイトルの「男歌男」は師、佐佐木幸綱の「男歌」からとった。「男歌」には

様々な意味があるが、つきつめれば信頼と肯定の歌なのだと思う。閉塞感の増す現代に、今なお「男歌」は可能なのか。結論は用意していない。出会ったものを全てとして、迷いは迷いのままうたうしかなかった。読者の中に一人でも男歌男は自分だと言ってくれる人がいたら望外のよろこびである。その言葉を未来に待って、これらの歌を私の「男歌」としたい。

（『男歌男』あとがき）

奥田は『亡羊』からさらに「男歌」を詠むという志を押しすすめ、第二歌集のタイトルは『男歌男』となった。しかし奥田の「男歌」は、佐佐木の時代のものとは異なる。

男歌の系譜ここにて断たれたり人呼んでわれは男《おとこ》歌《うた》男《おとこ》

という歌を奥田は『男歌男』の巻頭に置く。「男歌」という系譜はいったん終わりを告げている時代認識を踏まえ、それでも「男歌」を志す自分を「男歌男」と呼ぶ、いや、正確には「人呼んで」とあるように、周囲からのドライな目線が彼自身をそう呼ばせるのである。

マシーンに乗るやすなわち一本の絶叫となる男歌男

みずからを「男歌男」と呼ぶ歌は、滑稽な自画像となっている。当然ここには奥田の

苦い認識がある。伝統の系譜から絶たれて「男歌」を歌う男は、パロディとして存在するしかなく、「男歌男」というキャラクターの被りものに身を包まなければならない。ポリティカル・コレクトネスに許されない者たちは、このさき、どうやって生きていくべきか？　どこに実存を賭けるべきか？　どんな歌を詠み、表現をしていくべきか？　奥田亡羊はその問いのなかを突き進んでいく、まさにドン・キホーテである。

男歌の系譜ここにて断たれたり人呼んでわれは男《おとこ》歌《うた》男《おとこ》

子の首を絞めつつ妻の瞋《いか》れるを見るもこの世の遊《ゆ》戯《げ》のひとつか

ぶどうの皮をにゅっと出で来る挨拶のどこかで会った人なのだろう

喉の奥の叫びがつかむくるぶしの白さが俺を草に引きずる

道化師はときどきおんな罅の入る古き鏡の奥に化粧《けわい》す

愛すとは飯を食わせてもらうこと深海平野を歩いて渡る

俺とお前が情熱的に蔑めば歯ブラシにさえ薔薇は咲くのだ

そのかみのその燃ゆる夜のそのいのちわが曳く舟に眠れちちはは

真裸でいうこんにちは真裸でいうさようならたれか応えよ

八月の光る多摩川　子よこれがお前のわたる初めての川

『スウィート・ホーム』

西田政史

淡く抒情する春

にしだ・まさし　一九六二年、岐阜県生まれ。「ようこそ！　猫の星へ」で短歌研究新人賞受賞。一九九三年、第一歌集『ストロベリー・カレンダー』を刊行。

みずみずしい第一歌集を出したきり、短歌の世界から姿を消す歌人はすくなくない。いわゆる「歌のわかれ」である。残された歌がすぐれていれば、時が経ってもその歌が収録されている歌集、そしてもちろんその歌を詠んだ歌人のことも、短歌の世界に残った歌人によって語り継がれる。たとえば、村木道彦や平井弘。このふたりは前衛短歌の時代にすでに現代の口語短歌の水脈となる歌をつくったふたりでもある（俵万智は村木道彦からの強い影響をはっきりと公言している＝ライトバースの先駆けである）。

するだろう　ぼくをすてたるものがたりマシュマロくちにほおばりながら

村木道彦

男の子なるやさしさは紛れなくかしてごらんぼくが殺してあげる

平井弘

思うに、当時この文体に先駆者はおらず、ふたりとも次の文体にすすむために相当の苦労をしたはずだ。村木と平井は長い年月を経て歌壇にカムバックしたがかつての輝きはないと酷評する声もある。しかし彼らの歌を養分とした口語歌人たちがそんなふうに彼らを評価するのはやや傲慢ではないかという気もする（ただ、二〇〇六年、平井の二度目のカムバックとなった第三歌集『振りまはした花のやうに』では韻律を中心として再評価の動きがうまれた）。

西田政史もまた第一歌集の歌が断片的に、そして伝説的に読み継がれていた歌人だった。

この街のすべてがぼくのC#mの音にとざされてゐる　『ストロベリー・カレンダー』

珈琲にミルクを注ぎて「毎日がモカとキリマンジャロほどの差ね」　（同）

一九九三年に出版された『ストロベリー・カレンダー』は、記号などの実験的導入や、鍵括弧を使った会話体の活用も含め、当時の短歌ニューウェーブ運動のただなかにあった（一九八八年、荻原裕幸、加藤治郎とともに同人誌「フォルテ」を創刊している）。その伝説の歌集、『ストロベリー・カレンダー』が、ある日突然ウェブ上に姿を現した。二〇一〇年のことである。

「辺境歌人　西田政史のえばーぐりーんカフェ」という西田本人の手によるブログが立ち上がり、『ストロベリー・カレンダー』が公開された。さらに、歌集には収録されていなかったが数十年前に総合誌に発表されていた連作や、新作の短歌も公開されるよう

になっていった。このブログ記事をもとに西田政史の二十四年ぶりの歌集『スウィート・ホーム』が編まれた。

まだ何もしてゐないのに時代といふ牙が優しくわれ嚙み殺す　荻原裕幸

パパなどと恋人がわれ呼ぶことを咎めぬほどに堕落してをり　（同）

ニューウェーブ歌人のなかでもっとも西田の作風と近いものがあったのは荻原裕幸だ。一九八八年に荻原は第一歌集『青年霊歌』を上梓している。八〇年代的バブルの雰囲気からはどこか距離があり、倦怠と諦念がある。それは、西田、荻原がニューウェーブのなかで塚本邦雄の門下であったことと深く関わりがあるだろう。師の塚本が牽引した前衛短歌運動のまばゆさを凌ぐほどにニューウェーブ運動が盛り上がるとは信じきれていなかったのだと思う。そのなかでもみずからの信念で、それでもどこかがあたらしく、そして美しい歌をつくろうとした、それが『ストロベリー・カレンダー』であったのだろう。

そしてポストニューウェーブと呼ばれる歌群が登場した時代に、西田はふたたび作歌を開始した。

ぼくを立ち止まらせ淡く抒情する春には春のセブンーイレブン

戦争も飢餓も知らない哀しみのどうかそちらで処理してほしい

抑制された筆致や他者にコミットする感覚の薄さなど、西田の『スウィート・ホーム』の作風はポストニューウェーブ世代の歌人たちの感覚と非常に近しいものがある。

そもそも西田にとってニューウェーブとはポスト前衛短歌だったのではないだろうか。ならば『スウィート・ホーム』がポストニューウェーブの時代に現れたのは必然であったのかもしれない。

世界よりいつも遅れてあるわれを死は花束を抱へて待てり

ぼくを立ち止まらせ淡く抒情する春には春のセブン-イレブン

夏野菜よりも未熟な夜だから音消して観るスター・ウォーズ

戦争も飢餓も知らない哀しみのどうかそちらで処理してほしい

クリスマス・イヴの街行くひだり手に薔薇色の眼薬をあたため

闇に舌をのばしてゐるとたましひが自転してゐる音がきこえる

たとへば金木犀が姉さんだとしたら誰にでも薫るんだ嫌だな

嘘臭いわたしの底のわたしなど月下ひと刷毛ほどの歓び

歌つてよ愛のことばを日本国憲法前文いのりのごとく

一九七二年いもうとの眉から碧い夏がはじまる

『はーはー姫が彼女の王子たちに出逢うまで』

雪舟えま

王子Aは王子Bを激しくすきで

ゆきふね・えま　一九七四年、北海道生まれ。小林恭二『短歌パラダイス』を読み作歌を始める。第一歌集『たんぽるぽる』のほか、『緑と楯　ハイスクール・デイズ』などの小説がある。

穂村弘『手紙魔まみ、夏の引越し（ウサギ連れ）』の「まみ」のモデルが小林真実＝雪舟えまであることは周知の事実だ。実際には「手紙魔まみ」と雪舟えま、そして雪舟えまの書いている歌や文章は読んでみるとかなりイメージがちがう。エキセントリックな少女＝「手紙魔まみ」は当時の穂村と雪舟のあいだでうまれた幻想であり、そして穂村側からのファンタジーとして描かれたのが『手紙魔まみ、夏の引越し（ウサギ連れ）』という歌集だ。けれど、あまりに「手紙魔まみ」が有名になり、また熱狂的なファンが多く生まれたため、二〇一一年に出版された雪舟の第一歌集『たんぽるぽる』を「手紙魔まみ」の副読本として読んでしまった読者も当時はすくなくなかったのではないかと思う。『たんぽるぽる』には雪舟＝「手紙魔まみ」以外にも、まみの妹（『手紙魔まみ』のなかでは「ゆゆ」と呼ばれている）、兎（「手紙魔まみ」が飼っているウサギ「にんに」）も登場する。「手紙魔まみ」を先に読んだ読者はどうしても二重写しにして読むだろう。『たんぽるぽる』後半は、穂村ではなく別の男性と結婚してしあわせな生活をおくる姿が描かれる。

たんぽがたんぽるぽるになったよう姓が変わったあとの世界は

『たんぽるぽる』

歌集のタイトルはこの歌から採られている。これは「手紙魔まみ」という役割を降りた、という雪舟の宣言と読んでも差し支えないと思う。

それでも雪舟えまは「手紙魔まみ」という物語に搾取されすぎた。彼女はこの後、どうやってこの物語の呪いから逃れるのだろう、とわたしはその活動を見つめていた。

　自分は枯れたと感じていた
　恋についてもう熱心に書くことはない、などと周囲に語っていたが
　二〇一三年末とつぜん
　二十年ぶりに男性同士の恋愛小説を書きはじめた
　四十歳を目前にしてこんなに不確定で
　あっさりとセルフイメージを裏切れることに
　新しい鉱脈にいたった感じがした

歌集の扉に記された雪舟の文章だ。この歌集は「♥ありが東京」「♥♥たんぽぽ畑で声変わり」「♥♥♥みんなススン期、愛のとき!」「♥♥♥♥そして、はーはー姫は彼女の王子たちに出逢う」「♥♥♥♥♥愛しあう王子たち」という五章で構成されている。

「♥ありが東京」には穂村弘と「手紙魔まみ」として過ごした時期が、「♥♥たんぽぽ畑で声変わり」には夫・星四朗との日々がまとめられている、と読んでほぼ間違いないだろう。「♥♥♥みんなススン期、愛のとき！」はススン期＝思春期をむかえた雪舟がなにか新しい予感のなかにいる様子が描かれている。

ときめきに息荒くする僕のことはーはー姫と呼ぶがおにあい

そして「手紙魔まみ」ではなく「はーはー姫」となった雪舟のもとに、ふたりの王子「緑」と「楯」がやってくる（ふたりを「大きな息子」とも形容している）。このとき雪舟はやっと描かれる側から描く側へと移行できたのではないか。「はーはー姫」である雪舟えまは、「緑」と「楯」というふたりの男の子たちの「みどたて」ボーイズラブの作者なのである。そして重要なのは、秀歌でありながらも『たんぽるぽる』には収録されなかった歌が、この歌集にそのまま、あるいは「みどたて」ストーリーに沿う形で改作されて収録されているのである。「まみ」の歌ではなく「はーはー姫」の歌として。

愛を思えばくわえた薄いチョコ重くなるよねずみが運べないほど

ドアの前まで海つれてくる朝食をいつか両手はつくるのだろう

『手紙魔まみ、夏の引越し（ウサギ連れ）』は穂村弘がおこなった短歌の〈私性〉信仰への果敢なチャレンジであり、偉大な成果でもあったが、そこではミューズ＝モデルであった雪舟えまが、今度はみずからの手で新たな〈私性〉信仰以降の地平を切りひらいた、その成果としてこの歌集は読まれるべきである。

鳥肌がかけぬけるだけほんとうのありがとうには相手はいない
ついにとても苦しい夜がやってきてココアの缶を頭にのせた
千年後緑の星で再会の話の腰を折って口づけ
ちんちんが内向きに生えているんだわアーアー発声する冬の朝
おとな、とは冷蔵庫の光のなかのひとつっきりの綺麗なケーキ
くしゃみというワープを重ねワンピースの花柄減ってあなたと出会う
王子Aは王子Bを激しくすきでBはAをしみじみすきみたい
俺は楯《たて》、彼は緑《みどり》と名を決めて地球の民の胸に住まおう
愛を思えばくわえた薄いチョコ重くなるよねずみが運べないほど
この星で愛を知りたい僕たちをあなたに招き入れてください

『カミーユ』

大森静佳

傷なのに　傷そのものなのに

おおもり・しずか　一九八九年、岡山県生まれ。作歌を始めた高校在学中に毎日歌壇賞受賞。「京大短歌会」を経て「塔」所属、編集委員。「硝子の駒」で角川短歌賞受賞。第一歌集『てのひらを燃やす』。

二〇一〇年代の短歌における達成の極のひとつを斉藤斎藤『人の道、死ぬと町』に見るならば、もうひとつの極は間違いなく大森静佳の『カミーユ』である。

大森静佳の第一歌集『てのひらを燃やす』は二〇一三年に出版され、第五十八回現代歌人協会賞、第二十回日本歌人クラブ新人賞、第三十九回現代歌人集会賞、新人歌集に与えられる賞の三つを史上初めて独占した。

喉の深さを冬のふかさと思いつつうがいして吐く水かがやけり

『てのひらを燃やす』

技術のたしかさ、洗練された歌のうつくしさ。大森静佳は「京大短歌会」を経て「塔」短歌会に所属している、関西をフィールドにした歌人だった。関西の短歌の土壌は関東に比べてより細かな言葉の斡旋の修練の場として機能している。初期の大森の歌はそのなかでもかなり上位のランクに位置づけられると思う。しかし、あえていうならウェルメイド感が拭えないところもあった。『てのひらを燃やす』の終盤に変化の兆しはあった。

そして『カミーユ』ではっきりと大森の歌は変わった。

ああ斧のようにあなたを抱きたいよ　夕焼け、盲、ひかりを掻いて

細部を詠めという声つよく押しのけて逢おうよ春のひかりの橋に

一首目のような大胆さは『カミーユ』ではじめてあらわれた。二首目、「細部を詠め」というのは秀歌をつくるときの基本姿勢である。『てのひらを燃やす』におけるような、これまでのみずからの無数の秀歌を振り捨てているようにも見える。振り捨ててでも歌いたいものがあらわれたのだろう。

『カミーユ』は完全な狂気に陥る一歩手前で踏みとどまり、人を想うことの極限をうたいつづける歌集だ。

ああ皐月《さつき》仏蘭西《フランス》の野は火の色す君も雛罌粟《コクリコ》われも雛罌粟　与謝野晶子

全身できみを抱き寄せ夜だったきみが木ならばわたしだって木だ

半年前に渡欧していた夫の鉄幹を追ってようやく彼に会えた喜びを歌う晶子の歌は、外に向けて華やかに開かれており、自分と夫のすがたを鮮やかな色彩の油絵で描きだし

ているようだ。比較してみると大森の相聞歌の極端な内向性がはっきりとわかると思う。ナチスに抵抗して二十一歳の若さで処刑されたゾフィー・ショルなど、私生活以外から題材をとった連作も多いが、むしろこれらのモチーフはみずからの心理の深層をもぐっていくために選ばれている。

歌集のタイトルとなっている『カミーユ』は、彫刻家オーギュスト・ロダンの共同制作者で愛人でもあったが、ロダンに搾取されつくして精神のバランスを失ったカミーユ・クローデルがまず連想されるだろう。歌集の掉尾を飾る連作は「ダナイード」。

欲望がフォルムを、フォルムが欲望を追いつめて手は輝きにけり

ダナイードとは、ギリシャ神話に記されている、結婚式の初夜に命令されて花婿を殺したが、その罪で冥府で永遠に穴のあいた水桶で水を汲まなければならなくなった、ダナオス王の娘たちのこと。ここから材をとってロダンは絶望にうずくまる女の彫像をつくったが、そのモデルはカミーユ・クローデルだといわれている。女性が芸術家として存在することの苦しみをうねるような韻律のなかに詠みこんでいる。「フォルム」を秀歌のフレームと解釈すれば、大森自身の格闘もまたここに見ることもできると思う。

一夜きみの髪をもて砂の上を引摺りゆくわれはやぶれたる水仙として

河野愛子

水禽のむくろ打ち寄る朝雨に無残なる夢の岸を釣るなり

馬場あき子

河野や馬場におけるような、歌われるその凄惨な心象風景と重みのある韻律を継ぐ歌人はなかなかあらわれなかった。

ロゴスのために言葉はあるのかもしれない、けれどロゴスに還元できない情や信念もまた言葉で彫りつけることができるのかもしれない、いやむしろそれこそを彫らなければならないのではないだろうか。それが大森の新たな問いであり、選択であるように思う。

ああ斧のようにあなたを抱きたいよ　夕焼け、盲、ひかりを掻いて
遠景、とここを呼ぶたび罅割れる言葉の崖を這うかたつむり
あなたはわたしの墓なのだから　うつくしい釦をとめてよく眠ってね
樹のなかに馬の時間があるような紅葉するとき嘶《いなな》くような
とても白い額で母は泳いでる　傷なのに　傷そのものなのに
ゆめにわれは一本の匙　息をとめて海の襞へと喰い込んだこと
皆殺しの〈皆〉に女はふくまれず生かされてまた紫陽花となる
心底と言うとき急に深くなるこころに沈めたし観覧車
細部を詠めという声つよく押しのけて逢おうよ春のひかりの橋に
ずっと味方でいてよ菜の花咲くなかを味方は愛の言葉ではない

『温泉』

山下翔

湧きたるみづをわがうちに

いぶし銀の新人の登場であった。三百首詠を募集する現代短歌社賞で候補となりながら二度逃し、二度次席となった。一度目の応募タイトルが「湯」、二度目が「温泉」であった。

選考に関わっていた一人としてタイトルが気にならないと言えば、嘘になる。作品の表記は、歴史的仮名遣い。作者の年齢を確かめると、二十代の半ばという。二十代の若者なら、もう少しかっこいいタイトルを付けてもよいだろうと思った。

選考委員のひとりであった外塚喬は栞にこんなふうに書いている。戸惑いはもっともである。二十代でこんな歌集のタイトルをつけようとする歌人は他にまったく思い当たらない。歌集の造本は渋くもあるが洒落ている。表紙をよくよく目を凝らしてみると齋藤茂吉の写真がシルエットになっている。

やました・しょう　一九九〇年、長崎県生まれ。「やまなみ」所属。「九大短歌」創刊に参加。第一歌集『温泉』で現代歌人集会賞受賞。

黒《くろ》葡《ぶ》萄《だう》われは食《く》ひつつ年《とし》ふりしグレシヤの野《の》をおもふことなし　齋藤茂吉

ぶだう食べてゐればぶだうを食べるしかできずに秋の日を跨ぎたり　山下翔

現代短歌ではなく、近代短歌の継承者が突然姿を現した、そんな期待を受けているように思える。あるいは、

つきの光に花《くわ》梨《りん》が青く垂れてゐる。ずるいなあ先に時が満ちてて　岡井隆

鹿は秋、ってみなは言ふけどあなたとは——長く連絡を取ってゐない　山下翔

アララギの最良の部分を受けついだ岡井隆のニュアンスもどこか感じられる（この点で藪内亮輔と読みくらべてみるのもおもしろいだろう）。とにかくいい意味でいまどきの若者らしくない、というのが総評になるだろう。それは一首一首のつくりだけではなく、歌集全体を通してもいえる。

金《かな》折《を》れのやうに柱に凭れゐる我、この家をだれが支へる

眠つてをればなんてことない余震かと考へてみてそろそろ眠い

先回りして小問を増やしゆく模試問題の解かれてほしい

もちろん歌集を読んでいけば、どうも子供に勉強を教える仕事をしているらしい、とか、複雑な家庭環境にあるらしい、とか、どうやら九州に住んでいて地震の被害にもあったらしい、とか読みとることはできるのだが、そんなことより、とはいうのもなんだが、とにかくよく酒を飲み、よく食べている印象のほうが強い。プロフィール紹介のように歌が並んでおらず、飲み会で口数の少ない男がぽつりぽつりと漏らす、その言葉から素性が知れる、そんなイメージなのである。これは特異点である。〈私性〉の厚みで連作や歌集を読ませてほしいと歌壇が望んだ結果、昨今の歌集はまるでエントリーシートのように人生の筋書きがはっきりなぞれるものがほとんどになった。しかし『温泉』はそうではない。

それでキャベツを齧つて待つた。焼き鳥は一本一本くるから好きだ

ざく切りのキャベツちり敷く受け皿にまづバラが来てズリ、皮、つくね来《く》

この二首はそれぞれ別の連作に収録されている。よくぬけぬけと平気でおなじ歌集

（しかも第一歌集）に入れられるものだと思う。現代歌人はもっとサービス心が旺盛なので一冊の歌集のなかで自己のいろいろな面を読者に見せようとするものである。けれど山下はそんなことは気にしない。しかもこれはキャベツや焼き鳥に限った話ではない。

　大物だ。

店灯りのやうに色づく枇杷の実の、ここも誰かのふるさとである

大根おろしが醤油を吸つてゆくやうにわれの粗暴は受け止められき

金《かな》折《を》れのやうに柱に凭れゐる我、この家をだれが支へる

墓石にかけようと買つてきた水の、ペットボトルに口つけて飲む

鹿は秋、つてみなは言ふけどあなたとは――長く連絡を取つてゐない

ぶだう食べてゐればぶだうを食べるしかできずに秋の日を跨ぎたり

恋のはじめをうやむやにして仲のいいふたりのままで海を見に行く

青年のわが身ゆつくりしづむれば湯はおしかへす愛といふもの

だくだくと湧きたるみづをわがうちにとりこみながら酒と成すべし

一年に一度は会つてきみと飲む泣きながら飲む飲みながら寝る

コラム

ポストニューウェーブ

ポストニューウェーブの定義はむずかしい。なぜならそもそもニューウェーブ自体の定義がむずかしいからだ（ニューウェーブのページを参照、なおこの件は『「ねむらない樹」別冊現代短歌のニューウェーブとは何か？』に詳しい）。しかしながらいくつかの定義を仮定して考えることができる。

あづさゆみ春の労働《えだち》のひまひまに歌を詠み書を読み花も見たりき　高島裕

〈我〉といふ貨車引かれゆく実感のさびしさの行き止まりで覚めたり　大口玲子

今日を待ち張りつめてゐし胸ならむ魚跳ねて水のひかり割れたり　横山未来子

昼食に足らいて午後の始業までをみじかきなりにきみを思えり　島田幸典

ボウフラを扱いにける研究が終りてボウフラもいなくなりたり　永田紅

空をゆく銀の女性型精神構造保持《メンタルフィメール》は永遠をまた見つけなほすも　黒瀬珂瀾

小林久美子は二〇〇三年の時点でこれらの歌を引きながら、「ポスト・ニュー

ウェーブ」という言葉を使っている。ただ、現在、高島、大口、横山、島田、永田、黒瀬をポストニューウェーブと見なす人はあまりいないのではないかと思う（むしろ彼／女らはニューウェーブとポストニューウェーブのあいだの歌人と考えられているのではないだろうか）。この時点では、九〇年代半ばからゼロ年代はじめに台頭してきた歌人をゆるくたばねるくらいの意味合いだったのかもしれない。

> ニューウェーブ以降の世代である私たちは、彼らのこうした現状や態度を、しっかりと認識するべきなのだと思う。そして彼らの行き詰まりの原因を一度よく考えてみる必要がある。その上で、真に良い歌を作ろうとするならば、たとえ保守的・復古的というようなレッテルを貼られようとも、彼らとは違う道を選ばざるをえない。ここ数年に出た歌集を読む限り、多くの若手歌人は既にそのことに気付いている。ニューウェーブの時代はもう終ったのだ。

こちらは、みずからが「一九九〇年代半ばに短歌を作り始め」「穂村弘・荻原裕幸・加藤治郎らニューウェーブと呼ばれる人々の作品や歌論」から大きな影響を受けたと語る松村正直による批評「もうニューウェーブはいらない」（二〇〇二年）からの引用である。こちらははっきりとニューウェーブとの決別を表明しているが、松村もまたポストニューウェーブ歌人とは現時点では見なされていないと思う。はっきりとした批判者という位置づけが正確だろうか。

現在におけるポストニューウェーブという語は広義においては、荻原裕幸、加藤治郎、穂村弘という「エスツー・プロジェクト」（加藤はこれをニューウェーブの文学運動と読んでいる）の三人のゼロ年代におけるプロデュース活動――加藤が勤務している富士ゼロックスのオンデマンド出版部門BookParkから「歌葉」という歌集ブランドを立ち上げ、その一周年企画として荻原、加藤、穂村が歌葉新人賞を開催、そしてその第一回の発表媒体となった荻原が責任編集をつとめた「短歌ヴァーサス」という雑誌――これらの周辺にいた歌人たちをさす言葉だといっていいように思う。単にニューウェーブの後＝ポストというにとどまらず、ニューウェーブという仕組みの後継者ポジション＝ポストも兼ねているというイメージだ。

なので広義のポストニューウェーブは、歌葉新人賞の受賞者のみならず候補者、また「短歌ヴァーサス」にしばしば寄稿していたメンバーがまずは想定される。

なんでなんで君を見てると靴下を脱ぎたくなって困る　脱ぐね　増田静

雨の県道あるいてゆけばなんでしょうぶちまけられてこれはのり弁　斉藤斎藤

シャツに触れる乳首が痛く、男子として男子として泣いてしまいそうだ　しんくわ

「はなびら」と点字をなぞる　ああ、これは桜の可能性が大きい　笹井宏之

ひも状のものが剝けたりするでせうバナナのあれも食べてゐる祖母　廣西昌也

第一回から五回（最終回）の受賞者である。第二回の次席は兵庫ユカ、第四回の次席

は宇都宮敦、第五回の次席は中田有里（現・仲田有里）。他の候補をみていくと、土岐友浩、雪舟えま、永井祐らの名前が上がる。またインターネット上で選考会の過程が公開され、公式掲示板、またウェブのさまざまなところでさまざまな歌人が意見を戦わせる様子が見られた。

「短歌ヴァーサス」は十一号で終刊をむかえるが（二〇〇七年）、十一号の特集は「第五回歌葉新人賞発表」と「わかものうたの行方　ポストニューウェーブの現在」である。ここで「最前線に位置する23人」と紹介され、作品を寄稿しているのが、飯田有子、村上きわみ、斉藤斎藤、笹公人、黒瀬珂瀾、錦見映理子、今橋愛、石川美南、玲はる名、兵庫ユカ、ひぐらしひなつ、佐藤りえ、岡崎裕美子、吉野亜矢、五島諭、永井祐、雪舟えま、増田静、しんくわ、高井志野、我妻俊樹、島なおみ、天道なお、である。

しかし狭義になってくると、主に穂村弘による後続への批評や態度から（論客としての穂村の存在感はゼロ年代を支配していた）アンチ・ニューウェーブ的であったものがポストニューウェーブであるという流れになり、すると（アンチ・ニューウェーブ的であった）永井祐、斉藤斎藤、宇都宮敦というムードになっていった（この流れで今橋愛や仲田有里の名前があがることもある）。

この視点では、雪舟えまや笹井宏之といった、ニューウェーブの影響を受けながらもそれぞれ独自のポエジーを形成した歌人たちが軽視される。現在の笹井宏之賞が笹井宏之という名を冠されながらも、笹井宏之的な傾向を帯びていないところなどにこのポストニューウェーブという現象のねじれとむずかしさが見られるようにも思う。

『海蛇と珊瑚』

藪内亮輔

無化、し無化し　或るところに

やぶうち・りょうすけ　一九八九年　京都府生まれ。「花と雨」で角川短歌賞受賞。第一歌集『海蛇と珊瑚』で現代歌人集会賞受賞。二〇二〇年より角川短歌賞選考委員。

二〇一二年（平成二四年）、第五八回角川短歌賞の選考委員会の場は、ちょっとした驚きの声に包まれた。予選通過作品のなかから、四人の選考委員が五作品を択び、そのなかの最優秀と思われるものに◎をつけるのだが、この年の島田修三、小島ゆかり、米川千嘉子、そして私の四人の選考委員が、全員一致で一位に推した作品があった。こんなことは、私が選考委員を務めたなかでも、そして長い角川短歌賞の歴史のなかでも、おそらく初めてのことだろう。藪内亮輔の「花と雨」五〇首がそれであった。

（永田和宏「藪内亮輔歌集『海蛇と珊瑚』に寄せて」）

というわけで、歌をはじめてまだ数年、二十二歳の藪内は年長の歌人たちをすっかり魅了してデビューした。この時期は、角川短歌賞、短歌研究新人賞、歌壇賞の短歌総合誌の三大新人賞において学生短歌会所属あるいは出身の歌人の受賞が相次いでおり、のちの学生短歌会ブームを予見しているようでもあった（藪内とおなじ「京大短歌会」から澤村斉美、光森裕樹、大森静佳、吉田竜宇、あるいは「早稲田短歌会」から田口綾子、山崎聡子、吉田隼

人、伊波真人、平岡直子、服部真里子など）。

傘をさす一瞬ひとはうつむいて雪にあかるき街へ出でゆく

きらきらと波をはこんでゐた川がひかりを落とし橋をくぐりぬ

受賞時に選考委員であり跋文を書いた永田和宏は「こういうさりげなさを、現代の若者たちの歌のなかに、もっと見たいと私は思っている」としるしている。受賞当時の藪内は歌壇の大人たちがのぞむ若手歌人そのものであり、とびきりの優等生であった。けれど藪内はしばらくすると優等生であることをやめてしまった。

この歌は岡井すぎると言はれをりほの暗き花の暗喩のあたり

詩は遊び？　いやいや違ふ、かといつて夕焼けは美しいだけぢやあ駄目だ

前衛短歌を代表する歌人、岡井隆の後期の作風をほとんど丸パクリと見紛うほどに模倣しはじめた。これにはたくさんの人がとまどった。永田和宏自身も岡井の作風から影響を受けていると公言しているし、むしろある年代までは岡井隆の影響をまったく受け

ていない歌人を探すのがむずかしいくらいに歌壇での岡井の影響は大きい。しかしここまであからさまにパクったのは藪内がはじめてかもしれない。

言葉って野蛮だけれど鎮魂のなかにちんこがあるのだけは好きだ

アルティメットチャラ男って感じのきみだからヘイきみのなかきみだらけヘイ

岡井文体のまま俗を超えて下品になりかかっている歌に、「花と雨」路線を期待していた大人たちは失望したかもしれない。しかもこのあと藪内は現代詩人の吉増剛造に影響を受けたというレベルではない「私のレッスン」という大胆な模倣をおこなった連作も発表している。

しかしこれはおそらく藪内の美質である。極度に素直なのである。いくら憧れたからといってここまでの模倣を恥ずかしげもなくする勇気はほとんどの人間にはない。藪内の歌は極度の影響を受けたあと、しばらくすると基本であった「花と雨」のプレーンな美しさのほうに戻る（吸収したものの影響の良い部分は残しながら）。極度の素直さが結晶するように、藪内の歌は透き通っていて魅力的である。

あなただけは私のなかからたすかっていきてほしい　雨を顔にふらせて

うつくしくおだやかな陽のなかをゆき冷たさだけがわたしの愛だ

藪内本人はこの歌集の雑然さを「青春」といっている。素直な上に図々しい。この一冊を読んで奇妙で清廉な「青春」を追体験してみてほしい。

雨はふる、降りながら降る　生きながら生きるやりかたを教へてください
この歌は岡井すぎると言はれをりほの暗き花の暗喩のあたり
具体的な相聞をよむつてキモいなあ、うそうそ、皿に花梨をよそふ
愛はつね逢ひをさびしくすることの雨の純銀に濡れてゐる花
あなたから全人類に配られる数マイクロシーベルトほどの愛
わたくしのハイパー名歌がけなされてあなたの駄歌がほめられて、夏
「冬の鷺」とかいふ塔の受賞作、旧かな間違ひ多くつてGood《グー》
無化、し無化し　或るところに惡　ぢいさんと　汚ばあさんが酢　んでゐました幸せ
アルティメットチャラ男つて感じのきみだからヘイきみのなかきみだらけヘイ
あなただけは私のなかからたすかつていきてほしい　雨を顔にふらせて

『ピクニック』
宇都宮敦
ふつうの女のコをふつうに好きだ

うつのみや・あつし　一九七四年、千葉県生まれ。枡野浩一『ショートソング』に短歌が引用される。「ハロー・グッバイ・ハロー・ハロー」で第四回歌葉新人賞次席。

枡野浩一が吉祥寺を舞台に歌人たちの青春を描いた小説『ショートソング』はなんと約十万部売れたらしい。そのなかの登場人物たちがつくる短歌には枡野自身の歌もあるが、他の歌人の歌も登場人物がつくった歌という体でたくさん出てくる（巻末に引用短歌リストですべて紹介されている）。

物語の主人公のひとり、天才歌人・伊賀寛介はかつてのように自分で納得がいく歌がつくれなくなり、スランプに悩んでいる。しかし物語の最後、伊賀はこれまでとはちがう手応えのある十五首を一気に詠むことができた。その連作のタイトルは「東京がどんな街かいつかだれかに訊かれることがあったら、夏になると毎週末かならずどこかの水辺で花火大会のある街だと答えよう」。『ショートソング』では伊賀の第二歌集のタイトルにもなるこの連作は、すべて宇都宮敦の作であり、二〇〇六年『ショートソング』から十年以上経て、二〇一八年、連作「東京がどんな街かいつかだれかに訊かれることがあったら、夏になると毎週末かならずどこかの水辺で花火大会のある街だと答えよう」を含む宇都宮敦第一歌集『ピクニック』が上梓された。ファンが待ちわびていたようや

くの歌集刊行。少年ジャンプサイズの判型にレモンイエローのポップな装丁はインパクトも抜群だ。

三月のつめたい光　つめたいね　牛乳パックにストローをさす

坂の多い街に生まれ育った　で　君の生い立ち話はおわる

だいじょうぶ　急ぐ旅ではないのだし　急いでないし　旅でもないし

完全口語でポップな文体、文語はなし、難解な語彙もなし。「君」と「僕」とのフェアでやさしい日々。短歌を読みなれていない読者にきっちりと開かれている。では単純に「初心者向け」な歌集なのか？　といえばそんなこともない。

宇都宮敦の歌でよく指摘されるのは、一字空けの複数使いである。

「坂の多い（6）街に生まれ育った（10）で（1）君の生い立ち（7）話は終わる（7）」

どこで句を切るかは他にも意見があるだろうけれど、「で」の前後の一字空けが強烈なのでどうしてもこう捉えたくなる。短歌の二つ目の五音はとても重要で、上の句（五七五）と下の句（七七）のつなぎ目であり、ここがうまくいっていないといわゆる「腰折れ（＝三句目と四句目がうまく接続されていない）」として批判される。三句目を「で」の一音で処理するのは大胆不敵という他ない。「三月の」「だいじょうぶ」のふたつは五七五

七七をまもっているけれど、やはり一字空けが独特のリズムをもたらしている。

あふれやまないコーラな夜は雑な敬語の使い手である君にまかせた

口語の弱点としてよく挙げられるのは助詞のすくなさである。たとえば結句は「〜た」「〜る」「〜ね（呼びかけ）」「体言止め」などがどうしてもほとんどになってしまう。たとえば文語の結句には「なり」「けり」「たり」「あり」「せり」「べし」「ものを」「しむ」「らむか」「にき」「りぬ」などなど高校の古典の授業でたくさん習った文末が登場する。それはかっこいいし、豊かかもしれない。けれど高校の古典のテストで八十点以上だった人にしか、そのニュアンスはもう伝わらない（ちなみに正しい文語で短歌をつくろうと思うなら古典の成績がばっちりでもそこからさらにたくさん勉強が必要である、えらい歌人も結構文法を間違える）。

高校の古典がぜんぜんできなかった人にも短歌は開かれるべきか？　べきだとわたしは思う。口語は単調だろうか？　単調にならない工夫を口語歌人は続けている。「コーラな夜」の「な」はより口語的＝話し言葉に接近している。

浅知恵の深読みたちをだまらせる　折り目正しく乱れるシーッ

だれにでもわかる言葉でつくっている短歌だからって、そう話は単純じゃない。やさしくあかるい歌集だけれど、十分以上に挑発的だ。

牛乳が逆からあいていて笑う　ふつうの女のコをふつうに好きだ

そしてこの歌は穂村弘「手紙魔まみ」的な価値観への真っ向からのカウンターであり、現在でもありつづけている。

袖口でみがいたリンゴを渡したら裾でみがいたリンゴをくれた
とうとつに君はバレリーナの友達がいないのをとても残念がった
君のかばんはいつでも無意味にちいさすぎ　たまにでかすぎ　どきどきさせる
愛の名のもとにもちよるそれぞれのはるけきＵＮＯのローカルルール
年の瀬をエンターテインする雪とトートバッグのキツネの刺繍
新幹線から見えたネコ　新幹線からでもかわいい　たいしたもんだな
だいじょうぶ　急ぐ旅ではないのだし　急いでないし　旅でもないし
牛乳が逆からあいていて笑う　ふつうの女のコをふつうに好きだ
あふれやまないコーラな夜は雑な敬語の使い手である君にまかせた
水深をもらえば泳ぎだす犬に花降りそそぐ季節があるの

『花は泡、そこにいたって会いたいよ』

初谷むい

愛してるスペシャル

はつたに・むい　一九九六年生まれ。「北大短歌会」に入会。同人誌「ぬばたま」創刊に参加。「獏短歌会」メンバーとして人学短歌バトルで優勝。

『ティファニーで朝食を』。トルーマン・カポーティの小説のタイトルであり、オードリー・ヘップバーンが主演の映画は大ヒットした。タイトルだけ見ると勘違いしてしまいそうだが、実際にティファニー本店にモーニングをとれる場所があったわけではなく、映画ではヘップバーンはショーウィンドウの前でコーヒーを片手にクロワッサンを齧っている（とはいえ、この映画があまりにも人気だったためか、二〇一七年に本当にティファニー本店にカフェがオープンしてしまった）。この歌集に収録されている連作のタイトル「おはよ、ジュンク堂でキス、キスだよ」を見たときに思いだしたのはかの有名なタイトル『ティファニーで朝食を』だった。

ジュンク堂でおはようのキス　信じてる　水だけで生き延びる物語

エスカレーター、えすかと略しどこまでも　えすか、あなたの夜をおもうよ

ジュンク堂追いだされてもまあ地球重力あるし路ちゅーもできる！

『ティファニーで朝食を』のヒロインは、十九歳にして金持ち男を複数手玉にとり金を巻き上げるしたたかなホリー・ゴライトリーだが、「おはよ、ジュンク堂でキス、キスだよ」の主人公は、バカップル道に邁進する一途な女の子のようだ。色々な読み方があるだろうけれど、「ジュンク堂でおはようのキス」をすることが「水だけで生き延びる物語」（という一種の奇蹟）を信じさせてくれるくらいにたいせつな意味合いをもつ、とも解釈できそうで、恋愛絶頂期の万能感があふれてくるようだ（この感覚は初期の雪舟えまの相聞歌の勢いを感じさせるところがある）。「エスカレーター」の歌の真摯さはこの歌集のなかでも随一の純度を見せている名歌だ。

全自動わんこにはすきなひとがいて不死身でよかったワンとか思う

人魚ちゃんの経血は青　めちゃくちゃにシャーペンの芯折れて非行ね

「全自動わんこ」「人魚、あたらしい明滅」という、愛のためにすべてを投げうつ生きものを詠んだ連作もある。この態度はずっと一貫している。

もういいよわたしが初音ミクでした睫毛で雪が水滴になる

なにになったらわたしはさみしくないんだろう柑橘系の広場の中で
あなたになりたかった　めぐる水のこと詩で証明したのは嘘でした

初谷むいはほとんど禁欲的なまでに「きみ」や「あなた」のことしか歌わず、歌集は相聞歌でぱんぱんに膨れあがっている。歌人は対象を歌うときに、しばしば比喩を使って相手のことを変身させる。

栗の載るケーキのように近ごろのおまえあやうし明るけれども　吉川宏志

あをき血を透かせる雨後の葉のごとく鮮《あたら》しく見る半袖のきみ　横山未来子

そのときに付き合ってた子が今のＪＲ奈良駅なんですけどね　伊舎堂仁

初谷むいはその方法論を選択せず、つまり相手を変容させるのではなく、自分のかたちを変容させることで対象と、対象との間にあるものを歌うことを選んだ。愛のために相手を変えるのではなく、愛のために「あたし」が変わるのだ。

あたし死んだら文字になる困ったらあたしのかわりに言葉がゆくよ。

「あたし死んだら文字になる」とは、愛の変身の最上級のことなのかもしれない。それにしても『花は泡、そこにいたって会いたいよ』とは鮮烈なタイトルだ——愛の美しさ、愛の空虚さ、愛のむずかしさ、すべてが凝縮されている。

カーテンがふくらむ二次性徴みたい　あ　願えば春は永遠なのか
どこででも生きてはゆける地域のゴミ袋を買えば愛してるスペシャル
呪いのこと愛って言うな　ドラム式洗濯機は遊園地じゃねえよ
お前といるとばかになる……男の子ありがと、わたしを抱いて浮上する
夜　きみのつまんない話に笑ってる　聖なる窓の埃を見てる
エスカレーター、えすかと略しどこまでも　えすか、あなたの夜をおもうよ
スカートが海風孕む生まれるよいつかぜったい誰かを産むよ
糖衣、それは深刻な結露のようにわたしをつつむ薄い劣情
もういいよわたしが初音ミクでした睫毛で雪が水滴になる
観覧車立て籠もりたい宇宙一またたくハイジャッカーになろうよ

『玄関の覗き穴から差してくる光のように生まれたはずだ』

木下龍也・岡野大嗣

僕たちはカラーボックス・ベイビーズ

きのした・たつや　一九八八年、山口県生まれ。第一歌集『つむじ風、ここにあります』。おかの・だいじ　一九八〇年、大阪府生まれ。第一歌集『サイレンと犀』。

「男子高校生ふたりの七日間をふたりの歌人が短歌で描いた物語、二一七首のミステリー」と帯にある、共著歌集である。

ミステリーといえば、ネタバレ厳禁。ミステリー小説の解説に倣って、**ネタバレが気になるという方は二三七ページまで飛んでください。**

とはいうものの、奇抜なトリックが出てくる本格推理小説などではもちろんない。たとえば映画、岩井俊二『リリイ・シュシュのすべて』やガス・ヴァン・サント『エレファント』のような、鮮烈な事件は起きるけれども、少年たちの青春描写がメインであると想像してもらったほうがこの歌集のイメージに近い（なお、この歌集には舞城王太郎の掌編小説二篇が冊子形式でついてきて、こちらは少女の物語である。この歌集はゼロ年代ミステリーの匂いもする）。

ふたりの歌は、字下がりのないほうが木下、あるほうが岡野であるとわかるように呈示されているが、それぞれが明確な別のキャラクターを演じているという印象はない。それぞれの歌集を読んでいるときにはそれぞれのカラーがあるので、物語にふたりとも

チューニングを合わせているのだろう（ざっくりいうなら木下のほうがドライで岡野のほうがウエット）。男子高校生がゆるく連れ添って歩いているなか交わされる雑談の、気だるく鬱屈とした、ありふれているけれど同時にかけがえのない息や声音の混じり合いを聴くことができる（岡野は二〇一一年に短歌をはじめて間もなく木下の歌に出会って刺激を受け、二〇一二年、ふたりは「何らかの歌詠みたち」として活動した、関係性をメタに、エモーショナルに読みこむこともできるだろう）。

邦題になるとき消えたTHEのような何かがぼくの日々に足りない

ボストンバッグでボストンバッグを殴るそれが僕らのおはようの所作

平日のイオンモールをきみとゆく嫌いな奴の名を言い合って

カースト上位のきらきらリア充ではないけれど、カースト最下位の怨念が渦巻いているわけでもなさそうな、カースト中位やや下の男子高校生のリアルが見えるようだ。

公園でたまに見かけるおじさんよ昨日の夢で殺してごめん

僕たちはカラーボックス・ベイビーズ四畳一間を自慰で満たして

MSゴシックで打ち込んだ遺書を校正するタオルケットのタグ
撫でながら

性と暴力と死のモチーフやイメージが頻出する。

この歌集は七月一日（Thu）から一週間の章立てだが、七月四日（Sun）のあと、突然七月七日（Wed）に一気に飛び、そのあと、七月五日（Mon）、七月六日（Tue）と続きエンディングを迎える、**ここから先が本当のネタバレなので気をつけてください。**

つまり、事件が起きたのは七月七日なのだ。

ねえ見て　よ　この　赤　今後　見せ　られる　ことな　いっ
すよこの量の　赤

自身の公式ブログを更新した僕はタイトルを「やりました！」
と題し

むせかえるような青臭い自意識とデジタル時代の悲しみ。けれどこのミステリーは事件の直前の、五日、六日、事件に至るまでの、十代であることのしんどさが解かれるべき、読まれるべき謎なのだ。

七月、と天使は言った　てのひらをピースサインで軽くたたいて

　テン年代のポップスター歌人ふたりのバディ歌集。読まれるために、売れる、その努力をしないのは怠慢じゃないか？　そんな俺たちを歌壇は無視しつづけるのか？　まるでそんな声がきこえてくるような、創意工夫にみちている。そしてそんな挑発のあと、この歌集は読者のほうにしっかりと顔を向けなおす。

七月、と天使は言った　てのひらをピースサインで軽くたたいて
邦題になるとき消えたTHEのような何かがぼくの日々に足りない
卓上の『カラマーゾフの兄弟』を試し読みして去ってゆく風
ボス戦の直前にあるセーブ部屋みたいなファミマだけど寄ってく？
僕たちはカラーボックス・ベイビーズ四畳一間を自慰で満たして
Googleに聞いてもヒット0だったからまだ神にしかバレてない
玄関の覗き穴から差してくる光のように生まれたはずだ
愛（業務用）をください。愛（家庭用）はだれかにあげてください。
神は僕たちが生まれて死ぬまでをニコニコ動画みたいに観てる
倒れないようにケーキを持ち運ぶとき人間はわずかに天使

『はるかカーテンコールまで』

笠木拓

ふくらんだ胸と喉とを取りかえる魔法

自身の性への、あるいは身体への違和感、もうひとつの性別への憧れを、さまざまな女性歌人がこれまでにたくさん歌に詠んできた。

逆立ちしておまへがおれを眺めてた　たつた一度きりのあの夏のこと

河野裕子

貴方がぼくを生まなかつたこの町でうすきみどりの沓にはきかへ

笹原玉子

「なんちゃって」でなるべく遠くへつきとばし川釣りに今日は行かなくちゃ僕

早坂類

かさぎ・たく　一九八七年、新潟県生まれ。「京大短歌」に参加。「フェイクファー」で角川短歌賞佳作、第一歌集『はるかカーテンコールまで』で現代歌人集会賞受賞。「遠泳」同人。

わかりやすく人称が「おれ」「ぼく」「僕」になっているものを選んできたが（もちろんその人称を使っているからといって「男」とは断定できないにせよ）、《少年であったはずの／あったかもしれないわたし》がうっすら裏にうつっている歌は数えきれないほどあり、女性歌人の歌のなかでひとつの大きなジャンルになっているといっても過言ではない。大胆な「おれ」（そして「おまへ」）表記が印象的な歌を詠んでいる河野裕子は、この後出産を経て、とくに母性愛の歌において並ぶもののない頂点を極めることになる。没後、夫の永田和宏との夫婦愛の歌がブームを呼んだことも記憶に新しい。そんな河野が最初期に男性視点の歌をつくっていたというのは非常に興味深い。

というわけで、女性側からのアプローチは枚挙に暇がないのだが、男性側からのアプローチはすくなかった。しかし近年、男性身体への違和感や、男性性への嫌悪、既成のジェンダー観への異議などを歌にする男性歌人も増えてきている（笠木とおなじく第六回現代短歌社賞で次席となった山階基や、あるいは鈴掛真や小佐野彈などゲイであることをオープンに表明する歌人の登場）。《男性歌人》という表記もわかりやすく説明するために用いているが暴力的なもので、この呼称も将来的には見なおされていくものとなるかもしれない。そのなかでも格段に繊細で美しい歌を詠んでいるのが笠木拓だ。

ふくらんだ胸と喉とを取りかえる魔法を日記に書いて交わした

美樹さやかに僕はなりたい鱗めく銀の自転車曳くゆうまぐれ

僕は性の死神でいい　くり抜いた林檎の芯にしずかな疼き

美樹さやかは『魔法少女まどか☆マギカ』に登場する魔法少女。「ふくらんだ胸」の歌はエピグラフに志村貴子『放浪息子』の台詞を採用している連作のなかの一首であり、二次元サブカルチャーと性への違和を混ぜ合わせるような筆致も魅力的だが、アイテムとして押し出してくるわけではなく、ゆるやかな日々の歌のなかに溶け込ませるように詠まれていて、一昔前の（良い意味でも悪い意味でも）露悪的な側面があったオタク的な短歌とは随分趣が異なる。さて、概要的な説明はここで終わり。

サーカスの檻の中なる獣たちお気に召すまま息をしなさい

カクテルにささる果物ばかみたい、でも親友と呼びたかったよ

あとはフェミニティへの憧れを素直に文体に練り込んだ、笠木のお菓子のような歌をひたすら味わってほしい。頁をめくるたびに、さまざまなスイーツが登場するはずだ。完成度が高い歌ばかりなのに、どこか不安定にも見えるのは、たとえば絶妙すぎるバランスで組み立てられたパフェに出会ったときに、崩れてしまわないかハラハラした気持ちになるあの感覚に近いのかもしれない。

ぼくの夢は夢を言いよどまないこと窓いっぱいにマニキュアを塗る
言い差して言い差して綻びそびれ唇はボタンホールのようだ

なにもかもをきっぱりと断言できるようなマッチョな大人の男になどならなくてもいい。すくなくともこの歌集は、この言い差し、言いよどみの魅惑のなかにある。

青鷺、とあなたが指してくれた日の川のひかりを覚えていたい
言い差して言い差して綻びそびれ唇はボタンホールのようだ
まばたきで数えはじめよ星空の生まれてからのすべての虚辞を
胸にある窓が天窓　自販機の明かりをそこへうつして運ぶ
たまねぎを火は甘くする　晩年の兆す速度を僕は知らない
ふくらんだ胸と喉とを取りかえる魔法を日記に書いて交わした
白鍵ははかない渚あたたかな雨に打たれるのを待っている
美樹さやかに僕はなりたい鱗めく銀の自転車曳くゆうまぐれ
祈りつつ切手を貼るよ　性と心が癒着するしかない身を生きて
カクテルにささる果物ばかみたい、でも親友と呼びたかったよ

『母の愛、僕のラブ』

柴田葵

熱いハートのキュアおでんだよ

しばた・あおい　一九八二年、神奈川県生まれ。詩人・歌人・俳人による「Qai」同人。第一歌集『母の愛、僕のラブ』は第一回笹井宏之賞大賞受賞の副賞として刊行された。

柴田葵は二〇一九年に第一回笹井宏之賞大賞を受賞し、同賞の副賞として同年、書肆侃侃房から第一歌集『母の愛、僕のラブ』を刊行した。歌集タイトルは笹井賞を受賞した連作「母の愛、僕のラブ」と同じである。

「母の愛、僕のラブ」は選考委員の永井祐が「作為が徹底している」と高く評価した。「母の愛、僕のラブ」はジェンダーと母性をめぐる神話を解体する実験作である。短歌の一人称性を叙述トリックとして利用しており、そのため短歌連作としてたいへん例外的に解説を加えるとネタバレが発生するつくりになっている。この連作は歌集ラストに収録されているので、実際に読んで体験してほしい。なので、ここでは「母の愛、僕のラブ」以外の話をしたい。それでも十分、この歌集の良さは伝わるだろうから。

いいんだよ　私もひどいよ　きみからのひかりの指輪は質屋に流す

ゆるキャラのなかで手を振るあと二時間臓器でいればお金が入る

一読、たいへん根性があり、肝が座っている作者だとわかる。「自分の機嫌は自分でとる」いや「自分の責任は自分でとる」――「自分の責任は自分でとる」のなんて当たり前だと思うだろうか？　よくよく現実を見ればそれはたいへんむずかしいことだとわかるだろう、まして創作の世界では実はさらにむずかしいのである（太宰治のように「絶対に自分で自分の責任をとらない」ことが魅力的な作者もいるが）。

電車待つ他人の海でわたしだけわたしの他人ではないわたし

ヴィシソワーズなる冷製スープだけ飲んでつわりも夏も終わった

産まれたらなんと呼ぼうか春の日にきみはきっぱり別人になれ

「カレンダーを繰る」は妊娠の日々を詠んだ連作だ。「わたしだけわたしの他人ではないわたし」というくっきりとした強い自我の「わたし」は、産まれてくるわが子＝「きみ」に「きっぱり別人になれ」と呼ぶ覚悟と勇気と自信がある。愛とは自分ではない他人を愛する勇気と覚悟と自信である、それは一般に母性愛と呼ばれるものにおいても変わらないのだ、と告げているように思える。

あの友は私の心に生きていて実際小田原でも生きている
幾人も私の内に住まわせて　いいの、全部を連れていくから

それは子を詠む＝思うときも、友人を心のなかに住まわせて詠む＝思うときも変わらない。「私の内に住まわせて」は体だけではなく（たとえば妊娠のように物理的な状況だけではなく）、心のなかの話でもある。そして他人が自分の心の内に生きていることと同時に現実に他者が生きていること、その現実をはっきり見つめながら暴力性を引き受けつつ表現することをつよく決意していることがわかる。

あしか見に行こうね、あしかは今日だって生活しているけれど、週末

あしかを一緒に見にいく相手と、相手と一緒にあしかを見にいきたい「わたし」と、あしかはすべて別の生きもので、別の生、別の生活がある。けれどこの三者を一緒に詠むとき、三者に対してフェアであることを極めようとするとこういう詠みぶりになるのだと思う。

ある駅の　あるブックオフ　あの前を　しゃべりながら誰かと歩きたい
永井祐

フェアネス、というのはキーポイントである。前衛短歌やニューウェーブの比喩や修辞の華麗さは、どうしても他者の尊厳をどこかで簒奪しなければ成立しづらい。ポストニューウェーブの〈私性〉への接近は、歌人＝作中主体と他者との距離感を適切化するために不可避的におこなわれたところがあると思う（この「他者との距離感の適切化」というニューウェーブからの離脱をいちばんうまく成し遂げたのが永井祐である）。柴田の感覚にもその残響がある。フェアネスとはつよい禁欲である。

プリキュアになるならわたしはキュアおでん　熱いハートのキュアおでんだよ
地球だって宇宙なんだよこんにちはスターバックスにぎやかに夏
いいんだよ　私もひどいよ　きみからのひかりの指輪は質屋に流す
マーガリンも含めてバターと言うじゃんか、みたいに私を恋人と言う
金木犀　僕はおまえになりたいがなりたい心のまま歳をとる
桃色の片想い　揖保乃糸　いろつきの麺をよろこぶ大人になりたい
デスメタルバンド心にひとつありライブを続けて解散しない
産むことと死ぬことと生きることぜんぶ眩しい回転寿司かもしれず
飽きるほど誕生日してめくるめくまっ白な髪を抱きしめあおう
バーミヤンの桃ぱっかんと割れる夜あなたを殴れば店員がくる

『崖にて』
北山あさひ
私の武器は私のこころ

きたやま・あさひ　一九八三年、北海道生まれ。「まひる野」入会、二〇一九年、「崖にて」で現代短歌社賞受賞。山川藍とのユニット「北山川」で活動している。

星ひとつぶ口内炎のように燃ゆ〈生きづらさ〉などふつうのテーマ

ここ五、六年ほど、短歌に限らず、〈生きづらさ〉はとくに若い世代では重要なテーマととらえられてきた。非正規のわたし、貧困のなかで生きるわたし、学歴のないわたし、地方で生きるわたし、女（あるいはセクシャルマイノリティ）であるわたし。

北山あさひの「わたし」は、年金がもらえるかわからなくて、貯金残高が二桁の「わたし」で、東京に憧れていたけれども地方に住んでいる「わたし」で、家庭環境にむずかしいところもある「わたし」で、結婚しておらず子供もいない若くはない女の「わたし」である。もちろん読者は〈生きづらさ〉を期待する。けれどそんなつもりでいると、北山に「〈生きづらさ〉などふつうのテーマ」と蹴散らされることになる。

あめかぜに髪を舞わせて納税す私の武器は私のこころ

あなたより私のほうが面白くまともだ先に行く冬の橋

〈生きづらい〉〈弱者〉と認定しようとしてくる欲望をばさりと斬られるような力強さがある。

感情が大きな鮭で遡るその川の名が私、なのだと

「北川」と間違われても振り返るたいせつなのは「北」なのだから

北山の「北」と北山の住んでいる北海道の「北」はしばしば重ねて歌われる。北山の「わたし」とてもちろん苦しい顔やきつい顔も見せることもある。東京への憧れや憎しみを読むこともある。けれど「たいせつなのは「北」なのだから」と歌うとき「北」山の「わたし」も「北」海道の「わたし」もひとつづきの呼吸で自身をみとめようとするスケールの大きな肯定がうまれる。この地に足のついたスケールの大きさ、歌柄の大きさは近年稀で、得難い北山の美質である。

会いながらどんどん山になる滝になる一人でも平成は愉し

降りやまぬまま夜になり夜のまま世界は大きな熊となりたり

奔放な比喩だ。けれど北山の場合、それは現実逃避的なファンタジーにはむかわず、むしろ現実を迎え撃つ——「私の武器は私のこころ」だ。

断崖を見たいと言えばうんと言うこの感情も家になるのか

白髪一本うつくしければそのままで港というあかるさをあゆめり

〈生きづらさ〉などというふつうのテーマも北山の手にかかればこんなに美しい歌になる——ふつうじゃないのは、北山の歌の力のほうなのだ。

北山は結社「まひる野」に所属しており、おなじく「まひる野」に所属している山川藍という歌人と「北山川」という短歌ユニットを結成しており、「無銭飲食」というユニークなタイトルの同人誌を発行していたりもする。

関東の冗談なのか失礼なだけかわからんけど笑わんよ　山川藍

「天国に行くよ」と兄が猫に言う　無職は本当に黙ってて　（同）

二〇一八年に刊行された山川の『いらっしゃい』から。芥川賞作家の津村記久子が「山川さんの短歌は、誰かが実感を言葉にするだけで我々は生きていけるということを、すごい速さで再確認させてくれる。誰もが言葉を話し発信するのに、それはなかなか起こりえないことなのだ。本書ではその稀有なことが起こっている。」という帯文を寄せている。北山とはまた別様のアグレッシブなサバイブ感を持つ歌集だ。

もしかしたら眩しいだけの水かもと思いつつまだ旧姓で呼ぶ
あめかぜに髪を舞わせて納税す私の武器は私のこころ
紅茶から引き上げるときそれなりにティーバッグ重しオーロラ速し
夏雲のあわいをユー・エフ・オーは行くきらめいて行く母離婚せり
会いながらどんどん山になる滝になる一人でも平成は愉し
あなたより私のほうが面白くまともだ先に行く冬の橋
白髪一本うつくしければそのままで港というあかるさをあゆめり
お豆腐はきらきら冷えて夜が明ける天皇陛下の夢の崖にも
感情が大きな鮭で遡るその川の名が私、なのだと
ともだちが短歌をばかにしないことうれしくてジン・ジン・ジン・ジンギスカン

『Lilith』

川野芽生

狂恋を逃れむがため

叙情の品格、少女神の孤独。
端正な古語をもって紡ぎ出される清新の青。
川野芽生の若さは不思議だ、
何度も転生した記憶があるのに違いない。

幻想文学の女王・山尾悠子に言祝がれて『Lilith』は上梓された（山尾自身も一九八二年に、塚本邦雄の影響の色濃い歌集『角砂糖の日』を出版しており、二〇一六年に復刊されている）。Lilith――リリスとは、アダムの最初の妻。アダムの肋骨から造られたとされるイヴとは異なり、アダムと同じく土から造られた女であり、アダムと対等に扱われることを望んだが決裂した。アダムとリリスの交わりからは悪霊たちが誕生したとされている。字義的に「夜の女性的存在」、ユダヤの伝承においては男児を害する存在とされ、堕天使ルシファーの妻とする説もある。フェミニズムにおける自立した女性のアイコンとして最も重要なキャラクターのひとりとなった。

かわの・めぐみ　一九九一年、神奈川県生まれ。同人誌「穀物」結成に参加。「Lilith」で歌壇賞受賞。小説に「白昼夢通信」「無垢なる花たちのためのユートピア」がある。

ほんたうはひとりでたべて内庭をひとりで去つていつた　エヴァは

一方でイヴ＝エヴァは、蛇に誘惑され、アダムとともに「善悪の木」の実を食べた結果、楽園を追放された。その科《とが》で、女は出産を課され、夫の支配下に置かれることとなった。川野はリリスを詠みながらも、イヴ＝エヴァの神話をも変奏する。イヴもまた男性社会の犠牲者であることに代わりはなく、リリスとイヴは表裏一体の存在だからである。この二重の罪を女に負わせた男性社会の制度の欺瞞を暴いた歌と読める。

わがウェルギリウスわれなり薔薇《さうび》とふ九重の地獄《Inferno》ひらけば

ヴァージニア・ウルフの住みし街に来てねむれり自分ひとりの部屋に

歌集全体を通して神話や伝承、西欧文学のモチーフが多い。ウェルギリウスは古代ローマの詩人でラテン文学における最重要人物のひとりである。また西欧文学は二千年以上に渡ってウェルギリウスという文学史の英雄を讃えつづけており、『神曲』を書いたダンテもそのひとりである。暗い森の中に迷いこんだ作者本人であるダンテを地獄篇において導くのが私淑するウェルギリウスである。けれど川野はウェルギリウスをみずからとさだめ（《永遠の女性》ベアトリーチェではなく）、ひとりで地獄へと向かう。あるいは「女性が小説や詩を書こうと思うなら、お金と自分ひとりの部屋を持たねばならない」

と説き、これまで西欧文学に名を残すことのできなかった女性作家や、正当に評価されなかった女性作家たちをめぐるヴァージニア・ウルフの『自分ひとりの部屋』はフェミニズムにおける重要なテクストである。

harassとは猟犬をけしかける声　その鹿がつかれはてて死ぬまで

またⅢ章には第二十九回歌壇賞を受賞し、ハラスメントを題材とした、歌集タイトルと同じタイトルの連作「Lilith」が収録されている。過酷な現実を糾弾する言葉と同時にそれを美しい言葉で歌を詠むことは成立する、という作者の主張がよくあらわれている。その糾弾の手は恋愛という制度にも及ぶ。

ひとがひと恋はむ奇習を廃しつつ昼さみどりの雨降りしきる

無性愛者《アセクシャル》のひとはやつぱりつめたい、とあなたもいつか言ふな　だありや

「無性愛者」の歌を含む「植物園」は、ＬＧＢＴＱの権利是正が求められる昨今でも透明化されやすいアセクシャルの姿を鮮烈に描いたはじめての短歌連作ではないだろうか。

口語短歌全盛の今日に、文語旧仮名を駆使した端正な文体だが、読者の心を鷲摑みにする

のは、その奥に在る烈しい現世への怒りと悲しみなのだ。たちまち重版されたのも故なきことではない。渾身の思弁を定型にこめたこのような歌はかつて無かったものではあるまいか。

（水原紫苑「ねむらない樹」六号）

とくに幾度にもわたる水原紫苑の絶賛が印象深いが、水原に限った話ではなく、これほどまでに熱烈な絶賛があつまる歌集もなかなかない。
現在もっとも期待をよせられている歌人のひとりであるといえそうだ。

しろへびを一度見しゆゑわたくしは白蛇《はくじや》の留守をまもる執政
裸木を冠となすこの冬も王位を追はるるやうに過ぎゆく
うつくしいパルフェをくづし混沌の海よりひとが取りだすミント
雨後の薔薇に唇を触るればさかづきはわれに真水を明け渡したり
名を呼ばれ城門へ向きなほるとき馬なる下半身があらがふ
ひとがひと恋はむ奇習を廃しつつ昼さみどりの雨降りしきる
氷もて微熱をさまし天国の不在証明《アリバイ》のごときこの肉体は
ねむる――とはねむりに随きてゆく水尾《みを》となること　今し水門を越ゆ
狂恋を逃れむがため木となりし少女らならむ花のなき森
わがウェルギリウスわれなり薔薇《さうび》とふ九重の地獄《inferno》ひらけば

あとがき

歴史をつくるのは暴力だと思う。けれど歴史抜きにものごとはすすまないとも思う。わたしはこの本で自分が考えるここ二十年の短歌の歴史を紹介した。もちろん主観である（そもそもこのご時世に真の客観が存在すると信じている人はあまりいないと信じたいけれど）。とはいえ、わたしの主観のなかに存在する客観らしきものがここはおさえたほうがいいのではという部分には耳を貸したつもりだ。良くも悪くもきちんと暴力をふるえていたらいいなと思う。それがいい本だということだから。

この本で取り上げた歌集は、二〇〇〇年から二〇二〇年に刊行された、第一歌集から第三歌集までを対象としている。第一歌集のみ、もしくは全歌人のキャリアの歌集を対象にするという案もあったが、拡散して読みづらくならない範囲でかつヴィヴィッドに流れを提示できるかを考えた結果の判断である。また『桜前線開架宣言』『短歌タイムカプセル』をはじめ既刊のアンソロジーなどを意識しつつある程度はオルタナティブとしても機能するように仕組んでもいる。

左右社の東辻浩太郎さんから企画のオファーをいただいてから、本の鮮度のために可能な限り猛スピードで書きつづけた。伴走していただいた東辻さんはじめ左右社の方々、本の作成にかかわっていただいたすべての方々、そして歌の収録を許可いただ

いた作者の皆様に感謝します。

書きながら、わたしが短歌にできることはこれがすべてでもう終わりになるかもしれないと何度も思った。実際にはこれからも、息ができなかった二十代の頃のわたしを救ってくれた短歌に対してお返しできることをつづけるつもりでいるけれど、この本でやった仕事のようなことはもうできないかもしれない。それくらい全力を出したつもりだ。届くべき人たちに届きますように。

歌集一覧

『夜光』吉川宏志／２０００年／砂子屋書房
『林檎貫通式』飯田有子／２００１年／BookPark
『椿夜』江戸雪／２００１年／砂子屋書房
『ハッピーロンリーウォーリーソング』枡野浩一／２００１年／角川書店
『開放弦』上村典子／２００１年／砂子屋書房
『青卵』東直子／２００１年／本阿弥書店
『手紙魔まみ、夏の引越し（ウサギ連れ）』穂村弘／２００１年／小学館
『歩く仏像』渡辺松男／２００２年／雁書館
『プライベート』佐藤真由美／２００２年／マーブルトロン
『嬬問ひ』高島裕／２００２年／ながらみ書房
『キンノエノコロ』前田康子／２００２年／砂子屋書房
『念力家族』笹公人／２００３年／宝珍
『木曜日』盛田志保子／２００３年／BookPark
『銀耳』魚村晋太郎／２００３年／砂子屋書房
『О脚の膝』今橋愛／２００３年／北溟社
『uta 0001.txt』中澤系／２００４年／雁書館
『やさしい鮫』松村正直／２００６年／ながらみ書房
『竹とヴィーナス』大滝和子／２００７年／砂子屋書房
『乱反射』小島なお／２００７年／角川書店
『あのにむ』川崎あんな／２００７年／砂子屋書房
『ざわめく卵』吉野裕之／２００７年／砂子屋書房
『ひとさらい』笹井宏之／２００８年／BookPark
『薄い街』佐藤弓生／２０１０年／沖積舎
『鈴を産むひばり』光森裕樹／２０１０年／港の人
『パン屋のパンセ』杉﨑恒夫／２０１０年／六花書林
『裏島』『離れ島』石川美南／２０１１年／本阿弥書店
『日本の中でたのしく暮らす』永井祐／２０１２年／BookPark
『手のひらの花火』山崎聡子／２０１３年／短歌研究社
『あそこ』望月裕二郎／２０１３年／書肆侃侃房
『すずめ』藤島秀憲／２０１３年／短歌研究社
『やがて秋茄子へと到る』堂園昌彦／２０１３年／港の人
『オーロラのお針子』藤本玲未／２０１４年／書肆侃侃房
『体温と雨』木下こう／２０１４年／砂子屋書房
『蓮喰ひ人の日記』黒瀬珂瀾／２０１５年／短歌研究社
『砂丘律』千種創一／２０１５年／青磁社
『かなしき玩具譚』野口あや子／２０１５年／短歌研究社
『人魚』染野太朗／２０１６年／角川書店
『人の道、死ぬと町』斉藤斎藤／２０１６年／短歌研究社
『永遠でないほうの火』井上法子／２０１６年／書肆侃侃房
『キリンの子 鳥居歌集』鳥居／２０１６年／KADOKAWA
『わたくしが樹木であれば』岡崎裕美子／２０１７年／青磁社
『アネモネ・雨滴』森島章人／２０１７年／短歌研究社
『男歌男』奥田亡羊／２０１７年／短歌研究社
『スウィート・ホーム』西田政史／２０１７年／書肆侃侃房
『はーはー姫が彼女の王子たちに出逢うまで』雪舟えま／２０１８年／書肆侃侃房
『カミーユ』大森静佳／２０１８年／書肆侃侃房
『温泉』山下翔／２０１８年／現代短歌社
『海蛇と珊瑚』藪内亮輔／２０１８年／角川書店
『ピクニック』宇都宮敦／２０１８年／現代短歌社
『花は泡、そこにいたって会いたいよ』初谷むい／２０１８年／書肆侃侃房
『玄関の覗き穴から差してくる光のように生まれたはずだ』木下龍也・岡野大嗣／２０１８年／ナナロク社
『はるかカーテンコールまで』笠木拓／２０１９年／港の人
『母の愛、僕のラブ』柴田葵／２０１９年／書肆侃侃房
『崖にて』北山あさひ／２０２０年／現代短歌社
『Lilith』川野芽生／２０２０年／書肆侃侃房

瀬戸夏子　せと・なつこ

歌人。一九八五年生まれ。歌集『そのなかに心臓をつくって住みなさい』『かわいい海とかわいくない海 end.』のほか、『現実のクリストファー・ロビン　瀬戸夏子ノート2009-2017』『白手紙紀行』がある。

はつなつみずうみ分光器

after 2000　現代短歌クロニクル

二〇二一年五月二十五日　第一刷発行
二〇二三年二月二十五日　第二刷発行

著者　瀬戸夏子
発行者　小柳学
発行所　左右社
東京都渋谷区千駄ヶ谷三-五五-一二-B1
Tel. 〇三-五七八六-六〇三〇
Fax. 〇三-五七八六-六〇三二
http://www.sayusha.com

装幀　松田行正＋杉本聖士
印刷・製本　創栄図書印刷株式会社

ISBN978-4-86528-032-6

『ハッピーロン[illegible]
『開放弦』上村典子／2001年／砂子屋書房
『青卵』東直子／2001年／本阿弥書店
『手紙魔まみ、夏の引越し（ウサギ連れ）』穂村弘／2001年／小学館
『歩く仏像』渡辺松男／2002年／雁書館
『プライベート』佐藤真由美／2002年／マーブルトロン
『嬬問ひ』高島裕／2002年／ながらみ書房
『キンノエノコロ』前田康子／2002年／砂子屋書房
『念力家族』笹公人／2003年／宝珍
『木曜日』盛田志保子／2003年／BookPark
『銀耳』魚村晋太郎／2003年／砂子屋書房
『O脚の膝』今橋愛／2003年／北溟社
『uta 0001.txt』中澤系／2004年／雁書館
『やさしい鮫』松村正直／2006年／ながらみ書房
『竹とヴィーナス』大滝和子／2007年／砂子屋書房
『乱反射』小島なお／2007年／角川書店
『あのにむ』川崎あんな／2007年／砂子屋書房
『ざわめく卵』吉野裕之／2007年／砂子屋書房
『ひとさらい』笹井宏之／2008年／BookPark
『薄い街』佐藤弓生／2010年／沖積舎
『鈴を産むひばり』光森裕樹／2010年／港の人
『パン屋のパンセ』杉﨑恒夫／2010年／六花書林
『裏島』『離れ島』石川美南／2011年／本阿弥書店
『日本の中でたのしく暮らす』永井祐／2012年／BookPark
『砂丘律』千種創一／2015年／青磁社
『かなしき玩具譚』野口あや子／2015年／短歌研究社
『人魚』染野太朗／2016年／角川書店
『人の道、死ぬと町』斉藤斎藤／2016年／短歌研究社
『永遠でないほうの火』井上法子／2016年／書肆侃侃房
『キリンの子 鳥居歌集』鳥居／2016年／KADOKAWA
『わたくしが樹木であれば』岡崎裕美子／2017年／青磁社
『アネモネ・雨滴』森島章人／2017年／短歌研究社
『男歌男』奥田亡羊／2017年／短歌研究社
『スウィート・ホーム』西田政史／2017年／書肆侃侃房
『はーはー姫が彼女の王子たちに出逢うまで』雪舟えま／2018年／書肆侃侃房
『カミーユ』大森静佳／2018年／書肆侃侃房
『温泉』山下翔／2018年／現代短歌社
『海蛇と珊瑚』藪内亮輔／2018年／角川書店
『ピクニック』宇都宮敦／2018年／現代短歌社
『花は泡、そこにいたって会いたいよ』初谷むい／2018年／書肆侃侃房
『玄関の覗き穴から差してくる光のように生まれたはずだ』木下龍也・岡野大嗣／2018年／ナナロク社
『はるかカーテンコールまで』笠木拓／2019年／港の人
『母の愛、僕のラブ』柴田葵／2019年／書肆侃侃房
『崖にて』北山あさひ／2020年／現代短歌社
『Lilith』川野芽生／2020年／書肆侃侃房

瀬戸夏子　せと・なつこ
歌人。一九八五年生まれ。歌集『そのなかに心臓をつくって住みなさい』『かわいい海とかわいくない海 end.』のほか、『現実のクリストファー・ロビン　瀬戸夏子ノート2009-2017』『白手紙紀行』がある。

はつなつみずうみ分光器
after 2000　現代短歌クロニクル

二〇二一年五月二十五日　第一刷発行
二〇二三年二月二十五日　第二刷発行

著者　瀬戸夏子
発行者　小柳学
発行所　左右社
東京都渋谷区千駄ヶ谷三－五五－一二－B1
Tel. 〇三－五七八六－六〇三〇
Fax. 〇三－五七八六－六〇三二
http://www.sayusha.com

装幀　松田行正＋杉本聖士
印刷・製本　創栄図書印刷株式会社

ISBN978-4-86528-032-6

いた作者の皆様に感謝します。

　書きながら、わたしが短歌にできることはこれがすべてでもう終わりになるかもしれないと何度も思った。実際にはこれからも、息ができなかった二十代の頃のわたしを救ってくれた短歌に対してお返しできることをつづけるつもりでいるけれど、この本でやった仕事のようなことはもうできないかもしれない。それくらい全力を出したつもりだ。届くべき人たちに届きますように。